Antoine Marie Roger de
Saint-Exupery

새로운 번역, 새로운 구성,
생텍쥐페리 컬러사진
총 모음집 및 연보, 독후감 수록

생텍쥐페리의 아름다운 비행

Courrier Sud

남방우편기

A. 생텍쥐페리 · 곽재현 옮김 · 이용인 그림

도서
출판 선영사

남방우편기

1판 1쇄 찍은날   2018년 1월 10일
1판 1쇄 펴낸날   2018년 1월 20일

지은이 / A.생텍쥐페리
옮긴이 / 곽재현
디자인 / 이용인
펴낸이 / 김영길
펴낸곳 / 도서출판 선영사
주 소 / 서울시 마포구 서교동 485-14 선영사
전 화 / (02)338-8231~2
팩 스 / (02)338-8233
등 록 / 1983년 6월 29일(제02-01-51호)

ⓒ Korea Sun-Young Publishing Co., 2018

ISBN 978-89-7558-495-4   03860

세계 명작 문학 시리즈 발간에 즈음하여······

세계 문학의 명작들은 세대마다 새롭게 번역되고 태어나야 한다. 지난 세대의 번역은 오늘의 우리들 감수성에 하나의 감동도, 그 어떤 전율도 주지 못한다. 그 시대로 그 번역의 세대는 끝났기 때문이다. 오늘에는 오늘의 젊은 독자들이 있고, 그들에게 호소력 넘치는 새로운 번역이 필요하다.

세계 문학의 고전은 그 빛나는 보석과도 같은 가치로써 불멸성을 지니고 있다. 그러나 책장에서 그것들이 먼지를 뒤집어쓰고 있거나, 시대에 뒤떨어진 말과 언어로 가독성을 잃고 있다면, 그것은 지하에서 빛을 잃어가는 왕관에 불과하다.

세계 문학의 명작들은 찬연한 왕관이다. 오늘의 시대에 가장 빛나는 광휘가 되기 위해서는 원서에 충실하면서도 오늘의 말과 언어와 문체로 새롭게 빛을 발해야 한다. 이 가슴 벅차고도 자부심 강하게 불러 일으키는 기획을, 오늘의 시대에 어느 누구라도 해 야 한다. 여기에 우리는 오늘의 젊은 세대 독자를 향해서 세계 명작의 고전을 엄선해 새로운 번역을 선보인다.

번역 문학이 우리의 문학이 되기 위해서는 단지 문자 대 문자의 번역으로 끝나서는 안 된다. 떳떳한 우리 문학으로서 읽히기 위해서는 오늘의 세대가 읽 을 수 있는 살아 있는 문자로 새롭게 태어나야 한 다. 단어 하나, 문장 한 구절, 단락 한 대목대목이 오늘의 감수성과 지성에 감동과 전율을 강렬하게 불 러일으킬 수 있어야 한다.

여기에 우리는 작품성 높고 읽기 쉬운 필독서만 엄선해 젊은 독자들에게 떳떳이 추천하고자 한다. 문학이라는 한정된 테두리가 아니라, 문학을 통해서 가정과 학교와 사회 전반에서 감동적인 생활과 삶, 실생활과 지식 습득에 활기를 불어넣는 격조 있는 번역으로 젊은 독자들에게 다가가고자 한다.

오늘의 새로운 교양과 지성인으로의 지평을 넓혀 나갈 수 있도록 다음과 같이 기획 편집했다.

1. 각권의 선정은 오늘의 젊은이와 학교와 독서계 에서 필독의 도서로 추천되어 있는 작품들이다.

2. 각권의 작품은 문학의 감상력을 배양하는 것과 실생활과 학습에 유효 적절한 것으로 판단되는 것들을 골랐다.

3. 세계 명작의 작품은 문학성 높은 고전으로, 감동의 깊이와 흥미, 읽고 난 뒤의 오랜 지식과 기억으로 남을 작품들로 엄선했다.

4. 번역은 오늘의 세대가 사용하고 표현하는 최신어의 감수성에 부응하는 완벽을 기했다.

5. 원서에 따른 번역에 최선의 충실을 기했으며, 직역보다는 우리 문학으로서의 글의 향기를 갖게 하는 오늘의 문체에 열정을 쏟았다.

6. 세계 명작의 불후성에 부응하는 편집으로 각권 공히 올컬러화하는, 한국 출판사의 새로운 이정표로서 정성을 들였다.

이 세계 문학 고전이 학교에서, 가정에서, 직장에서, 차 안에서, 그 어느 곳에서도 부담없이 읽고 감동을 줄 수 있기를 바라는 한편, 독자 여러분들의 감성과 지성이 크게 배양되며, 삶과 교양이 새롭게 풍성해지기를 기대한다.

2003년 9월
편집부

〈남방 우편기〉를 읽기 전에

프랑스의 소설가이자 비행사 생텍쥐페리, 그는 영원불멸의 위대한 작가로 꼽히며, 프랑스의 50프랑 지폐에 얼굴이 등장하고 있기도 하다.

그는 프랑스의 리옹에서 출생하였으며, 조종사 자격증을 취득하면서 비행사의 길을 걷게 되었고, 모험적인 비행 생활을 영위하면서 프랑스와 남미 간의 항공로 개척 사업의 경험을 토대로 하여 1929년에 이《남방 우편기(Courrier Sud)》를 쓰게 된다.

주인공 자크 베르니스의 조종사로서의 인간 내면의 갈등과 고독을 그린 이 작품은 깊은 감동으로 우리에게 다가온다.

작가는 자신의 작품 속에서 자신의 에네르기(energe)의 깊이를 재고, 자기의 정열의 체온을 알기 위해 인간적인 고독을 초월하고자 하는, 자기에 대한 도전에서 결국 죽음으로 향하는 모험을 그리고 있다.

또한 생텍쥐페리는 서재 안에서 사색하는 철학자가 아니라 행동의 철학자로서, 또한 시인으로 자기의 체험에서 표출해 낸 아름다운 이야기를 통해서 인간의 본질적인 문제를 탐구하고 있다.

오늘날 인간의 존재 양식이 절대적인 고독이라는 상황으로 나타난다면, 그는 그러한 상황을 초극하고자 시도했던 선구자였다고 할 수 있다.

생텍쥐페리는 비행사로서의 특이한 체험을 중심으로 폭넓은 세계 인식과 깊은 명상, 그리고 순수하고 고결한 시적 서정성으로 작품을 구성하였다. 기교를 추구하지 않는 행동화되고 체험된 그의 언어는 고독한 인간에게 대자연과 교감하는 길을 만들어 주고, 공동체 안에서 유대 관계의 의미를 발견케 해준다.

또한 그의 작품들은 평범한 개개인 속에 깃들여 있는 위대한 인간의 근원적인 모습을 일깨워 주고, 나아가 초극(超克)의 의지를 보여주는 뛰어난 작품성을 지니고 있다.

그의 일련의 작품들은 현대 문명에 대한 탁월한 비평인 동시에, 인간이 인간으로서의 긍지를 되찾기 위한 꾸준한 노력이라고 볼 수 있다. 그의 대부분의 작품들이 고독에 관하여, 그리고 사막과 산맥과 낮

선 부락들에 관하여, 또 전(前)세대의 어떤 작가들도 목격하지 못한 구름 위의 초지상적인 놀라운 경관에 관한 회상들로 이루어져 있다는 점이 독특한 개성을 보여준다.

생텍쥐페리는 프랑스의 산만한 산문을 전통적인 수사법의 구속으로부터 해방시키는 과정에 기여한 작가이다. 다시 말해서 그의 전작품은 그저 단순한 허구로 이루어진 것이라기보다는, 개인보다 인간 전체를 사랑한 휴머니즘과 행동주의에서 우러나온 문학인 것이다.

생텍쥐페리의 사진 모음

ANTOINE DE SAINT EXUPERY

아게에 있는, 생텍쥐페리의 조종사로서의 무공을 기리는 기념비

생텍쥐페리 생가

1929년에 전설적 인물 기요메와 함께 찍은 사진.
키가 큰 사람이 생텍쥐페리.

툴루즈 우편 항공 비행장 모습. 〈남방 우편기〉는 전편에 걸쳐
툴루즈와 다카르 선 간의 이야기가 펼쳐진다.

라테코에르 항공 회사의 우편 비행기 모습.
1927년까지 사용된 비행기다.

1939년 여러 동료들. 왼쪽으로부터 오슈데, 뒤테르트르, 숭크, 로.

생텍쥐페리의 형제들 - 오른쪽부터 누이 마리 마들렌, 누이동생
가브리엘, 동생 프랑스와, 생텍쥐페리, 누이 시몬.

사하라에 있는 우편 비행의 중계 기착지. 이 곳은 생텍쥐페리의
작품에 자주 등장하며, 주요 무대로 설정되어 있다.

애기(愛機) '시뮨'. 파리와 사이공 간의 비행 기록을 경신하기 위해
기관사 프레보와 함께 출발 직전의 모습.
그는 이 비행에서 중도 비상 착륙한다.

생텍쥐페리가 본 인간의 모습

생텍쥐페리는 인간 존중을 언제나 목숨을 내건 비행 생활의 투쟁 체험을 통해서 찾았다. 따라서 이러한 체험에 의한 시적·서정적·환경적인 필치로써 진한 감동의 작품들을 우리에게 남겨 주었다. 사진은 생텍쥐페리가 비행 생활에서 만났던 사람들.

모리타니아人

《남방 우편기》를 비롯해 생텍쥐페리의 작품에 자주 등장하는 불 귀순 모리타니아 사람. 생텍쥐페리는 이들과의 외교적 사명을 수 행한 적이 있다.

1936년 생텍쥐페리 부부,
1931년에 결혼한 콘수엘로 순신과의 한때.

SAINT- *Exupéry*

A BIOGRAPHY

생텍쥐페리가 그린 그림

"여인이여, 우리는 정복자가 될걸세"
이 말은 한 여인의 정복자가 된다는
것보다도 인생과 더불어 하늘과 땅을
정복하겠다는 그의 확고한 신념을 보
여주고 있다.

"사람이 사랑 때문에 죽는다는 게 정
말일까?"
그 대답을 그는 벌들에게서 찾았다.
왜냐하면 벌들은 사랑하기 때문에 죽
게 된다.
생텍쥐페리의 사랑과 자연관을 잘 묘
사해 준 표현이다.

생텍쥐페리의 동료 ─ 디디에 도라

1931년 1월, 우편 항공 회사의 복잡한 회사 내의 사정으로 부득이
디디에 도라가 사직하자 생텍쥐페리는 그와의 의리로 인해 함께
행동했다.

생텍쥐페리의 동료 — 메르모

메르모는 생텍쥐페리와 함께 파타고니아 선(線) 개발에 착수하여 남아메리카 최남단 푼타아레나스 ↔ 부에노스아이레스 선의 항로를 개설했다.

생텍쥐페리의 동료 — 기요메

기요메는 1930년 9월 13일, 안데스 산맥 횡단 비행 중 실종하자, 생텍쥐페리와 동료들이 수색 활동을 벌였다. 하지만 기요메는 혼자 힘으로 닷새 낮과 나흘 밤을 걸어 살아 돌아와 세상 사람들을 놀라게 한 장본인이다.

차 례

제 1 부

'무 선 전신 편. 6시 10분 툴루즈 발. 각 기항 비행장에게 알림. 프랑스 ↔ 남아메리카 선(線) 우편기 5시 45분 툴루즈를 출발함. 이상.'

물같이 맑은 하늘이 별들을 총총히 드러내고 있었다. 그런 다음 깊은 밤이 왔다. 달빛 아래 사하라 사막의 모래 언덕이 겹겹으로 펼쳐져 있었다. 우리들의 머리 위로 등불빛 같은 달이 비치고 있었다. 하지만 그 달빛은 사물들을 비춰 준다기보다는 사물들을 형성해 내면서 그 사물들 하나하나를 부드러운 물질로 빛나게 하고 있었다.

둔탁한 소리가 나는 우리의 발길 아래에는 두터운 모래가 흐드러지게 쌓여 있었다. 태양이 지고 난 뒤여서 우리는 이글거리는 그 중압에서 벗어나 모자도 쓰지 않고 맨머리 바람으로 걷고 있었다. 밤이 깃들 었고, 밤이란 평온한 집안과 같기 때문에…….

하지만 어떻게 우리의 평화를 믿을 수 있단 말인 가? 무역풍은 남쪽으로 끊임없이 미끄러져 가고 있 었다. 그 바람은 비단 같은 소리를 내면서 해변을 씻어내고 있었다. 그 바람이라는 게 돌아서 간다든 가, 장애물에 막힌다든가 하는 그런 유럽의 바람과 는 전혀 달랐다. 마치 특급 열차와도 같이 우리들 머리 위로 몰아쳐 갔다.

밤에는 바람이 세차게 불어오는 때도 이따금 있었 다. 이럴 때 우리가 북쪽을 향해 바람과 맞서고 있 으면, 그 느낌이란 어디론가 실려가는 듯한 기분을 갖게 했다. 그런가 하면 또 다른 기분도 있었다. 어 딘가 막연한 목적지를 향해서 그 바람을 거슬러 올 라가는 듯한 느낌을 맛보곤 했던 것이었다. 참으로 바람은 성급한 데가 있었다. 그래서 우리에게 또 얼 마나 불안을 안겨 주었던가!

태양은 돌고 돌아서, 다시 날이 밝아 왔다. 모르타 니아(무어인) 사람들은 그다지 소동을 부리지 않았다. 스페인 요새에까지 대담하게 나오는 사람들도 총을 무슨 장난감처럼 갖고 다니며 쉴새없이 손짓 발짓을 해가며 대화를 하곤 했다. 그것은 무대 뒤에서 본

사하라 사막이었다. 그렇기에 불귀순 부족(不歸順部族 : 정부에 대해 반항심을 가지고 복종과 순종을 하지 않는 부족)들도 여기서는 신비로울 것도 없고, 또 몇몇 하찮은 단역 배우들만 얼굴을 내밀고 있었다.

우리는 극히 한정된 범위 안에서 우리의 모습을 서로 마주하며 살고 있었다. 그렇기 때문에 우리는 사막 가운데에 외롭게 떨어져 살고 있다는 사실을 깨닫지 못했다. 우리가 얼마나 멀리 와 있는가를 느끼고, 그 거리를 원근법으로 바라보기 위해서는 하나의 방법이 있었다. 거기를 떠나 본국에 돌아와서 보면 그런 우리를 볼 수 있는 것이었다.

우리는 나가봐야, 5백 미터 밖의 범위가 고작이었다. 그 거리 저쪽부터는 불귀순 지역이 시작되는 곳이었다. 그렇기에 어떻게 보면 우리는 모리타니아인들의 포로임과 동시에, 우리 자신의 포로이기도 하였다. 우리와 가장 가까운 이웃 동네인 시스네로와 포르에티엔의 동료들도 7백 킬로미터 혹은 1천 킬로미터 떨어진 모암(母岩) 속에 갇혀 있듯 사하라 사막 속에 갇혀 있었다.

그들도 똑같이 요새 주변만을 맴돌며 생활하고 있었다. 우리는 그들의 별명과 이상한 버릇까지 속속들이 알고 있었다. 그러나 그들과 우리들 사이에는 생물이 사는 유성과 유성의 떨어진 사이만큼 두꺼운 침묵이 가로놓여 있었다.

그날 아침, 세계는 우리들 때문에 걱정하기 시작했다. 마침내 무전사가 우리들에게 전보 한 장을 전해 주었다. 모래 속에 세워져 있는 두 개의 무전탑이 매주 한 번씩 우리를 세계와 연결시켜 주고 있었던 것이었다.

'5시 45분에 툴루즈를 출발한 프랑스 ↔ 남아메리카 선 우편기는 11시 10분에 알리칸테를 통과하였음. 이상.'

툴루즈에서 전해오는 말이었다. 툴루즈, 이 우편선의 기점(起點)인 툴루즈의 소리는 멀고 먼 곳에서 들려오는 신의 목소리와 흡사했다.

이 통지는 10분 동안에 바로셀로나, 카사블랑카, 아가디르를 거쳐서 우리에게 왔는데, 그 다음으로는 다카르 방면으로 퍼져나갔다. 5천 킬로미터에 걸친 연선(沿線)을 따라 위치한 비행장들이 비상에 걸린 것이었다. 저녁 6시의 연락 시간에는 다시 다음과 같은 통지 전보가 왔다.

'우편기는 밤 21시에 아가디르에 도착, 21시 30분에 쥐비 곶으로 다시 출발함. 쥐비에서 미슐렝 조명

탄을 이용해 착륙함. 쥐비 비행장은 평상시와 같이 점등을 준비해 둘 것. 명령은, 아가디르와 항시 연락을 취할 것. 이상. 툴루즈.'

사하라 사막의 한가운데에 고립되어 있던 우리는 쥐비 곶의 관측소에서 아득히 떨어진 혜성(주 : 비행기) 하나를 쫓고 있었던 것이다.

저녁 6시경, 남쪽이 시끄러웠다.

'다카르 발, 포르에티엔과 시스네로와 쥐비에 알림. 우편기의 소식을 지급으로 보고할 것.'

「쥐비 발, 시스네로와 포르에티엔과 다카르에 알림. 11시 10분에 알리칸테를 통과한 후 소식 없음.」

어디선가 엔진 한 대가 그르렁거리며 폭음을 내고 있을 것이다. 툴루즈에서 세네갈에 이르는 연선에서 사람들은 그 소리를 들으려고 귀를 기울이고 있었다.

2

툴루즈. 5시 30분.

비행장으로 가는 자동차는 비 내리는 밤을 향해 열려 있는 격납고 입구에 이르자 갑자기 멈춰 섰다. 5백 촉광의 전구들은 진열장에서처럼 물건들을 딱딱하게, 있는 그대로 정확하게 드러내 보이고 있었다. 이 둥근 지붕 아래에서는 말 한마디 한마디가 울리며 사라지지 않고 침묵을 쌓아 놓고 있었다.

번쩍거리는 금속판, 기름 때가 끼지 않은 엔진들, 비행기는 마치 새 것이나 마찬가지였다. 기계공들이 발명가와 같은 손길로 만지는 섬세하고도 정밀한 기계. 지금 그들은 막 정비를 끝내고 물러선다.

"빨리 합시다. 여러분, 빨리 해요⋯⋯."

비행기의 짐칸 속으로 한 행낭씩 우편물이 들어간다. 빠르게 점검한다.

"부에노스아이레스⋯⋯ 나탈⋯⋯ 다카르⋯⋯ 카사⋯⋯ 다카르⋯⋯ 서른 아홉 자루, 맞습니까?"

"맞습니다."

조종사는 옷을 입는다. 두툼한 스웨터, 비단 목도리, 내리닫이 가죽 비행복, 모피로 안을 댄 장화. 잠이 덜 깬 그의 몸은 무겁다. 누군가가 그에게 재촉

Our Father in Heaven,
Hallowed Be Your Name,
Your Kingdom Come,
Your Will be Done.

La Français
Air POSTE
612

한다.

"자, 서둘러……."

시계와 고도계, 그리고 지도 케이스를 한아름 안고 그는 두꺼운 장갑 속에 든 손가락을 오그라뜨리며, 서투르고 거북스런 동작으로 조종석으로 기어올라갔다. 마치 대기를 떠나 물 속으로 들어가는 잠수부와도 흡사하다. 하지만 일단 조종석에 앉으면 모든 게 경쾌하게 된다.

기계공 한 사람이 그에게로 올라온다.

"630킬로."

"좋소. 여객은?"

"3명."

그는 돌아다보지도 않고 그들을 승인한다. 활주로 주임이 직공들에게 반쯤 돌아선다.

"이 엔진 덮개에 누가 쐐기못을 박았는가?"

"제가 했습니다."

"벌금 20프랑이다."

활주로 주임이 마지막 점검을 한다. 모든 일에 있어서의 절대적인 질서. 마치 발레와도 같이 모든 동작이 규칙적이다. 이 비행기는 5분 후면 저 하늘 속을 날고 있을 때의 정확성대로 이 격납고 안에서도 정확하게 제 위치를 지키고 있다. 이 비행도 배를 물에 띄워 앞으로 나아가게 하는 것과 마찬가지로 잘 계산되어 있는 것이다.

이 쐐기못 하나의 실수, 이건 과오임에 분명하다. 5백 촉광의 전구들, 이 정확한 눈길, 이 엄격함은 이 비행기가 이 비행장 저 비행장을 거쳐 부에노스아이레스나 칠레의 산티아고까지 날아가는 데 있어서 우연의 결과가 아니라는 것을 뜻한다. 이 모든 것은 탄도학의 결과가 되기 위해서 있는 것이다. 폭풍우나 안개와 회오리바람을 만나더라도 문제가 생겨서는 안 된다.

밸브 스프링이나 밸브 로커나 다른 기계부품 등이 예측할 수 없는 많은 고장을 일으키더라도 급행 열차나 특급 열차, 화물선이나 여객선도 모두 따라잡고 까마득하게 뒤로 젖혀놓기 위해서 그것들은 정확하게 작동해야 하는 것이다! 그래서 부에노스아이레스나 칠레의 산티아고까지 기록적인 최단시간 안에 도착하게 하기 위해서인 것이다…….

"출발."

조종사 베르니스에게 종이 한 장이 쥐어진다. 전투 계획서인 것이다.

베르니스는 읽는다.

'페르피냥에서의 통보에 의하면 쾌청. 바람 없음. 바로셀로나에는 폭풍, 그리고 알리칸테에는……'

툴루즈. 5시 45분.

힘찬 바퀴가 버팀목을 바스라뜨린다. 프로펠러의 바람을 맞아 20미터 뒤쪽까지의 풀들이 뒤로 젖혀지며 마치 격류처럼 흘러가는 것 같다. 베르니스는 그의 손목 동작 하나를 움직임에 따라 폭풍우를 일으켰다 가라앉혔다 한다.

엔진의 발동을 계속 조절하는 중에 이제는 소리가 부풀다 못 해 거의 고체 상태로 빡빡해지더니 아예 기체는 그 속에 파묻혀 버린다. 조종사는 그 때까지 미흡해 있던 그 무엇이 자기 안에서 충족되고 있음을 느끼자 '됐어' 하고 생각한다. 그러고는 역광선을 받으며 유탄포 모양으로 검은 자태를 하늘로 뻗친 검은 엔진 덮개를 바라본다. 프로펠라 뒤에서는 새벽 풍경이 떨고 있다.

바람을 안고 천천히 굴러가다가 조종사는 가스 핸들을 자기 앞으로 잡아당긴다. 비행기는 프로펠러에 빨려들어 쏜살같이 내달린다. 탄력 있는 활주로에서 첫번째 도약이 약화되면 이윽고 땅이 피대처럼 바퀴 밑에서 늘어나며 반짝이는 것처럼 보인다. 처음에는 느낄 수 없던 공기가 다음에는 액체로 느껴지고, 이제는 고체가 되었다고 판단되면 조종사는 이것에 의존해 박차고 올라간다.

활주로 주변에 있는 나무  들이 지평선에 나타났다가 는 사라진다. 2백 미터를 올라가도 어린애 장난감처 럼 보이는 목장이며, 똑바 로 선 나무며, 페인트 칠이 된 집들을 내려다 볼 수 있다. 모피와 같은 두께를 그대로 지니고 숲들과 사 람이 살고 있는 땅……

베르니스는 편안한 자세가 되기 위해 필요한, 팔꿈 치의 바른 위치며, 등을 기대는 자세의 위치를 찾고 있다. 그의 뒤에서는 툴루즈 시 위에 낮게 뜬 구름 들이 정거장의 어두컴컴한 대합실 같은 모습을 떠올 리게 한다. 이제 그는 상승하려고 애를 쓰는 비행기 에 별로 저항하지 않으며, 그의 손으로 억누르고 있 던 비행기의 힘이 다소나마 활개를 펼 수 있도록 내 버려 둔다. 그는 손목의 움직임 하나로, 그 자신을 들어올리기도 하고, 파동처럼 그의 몸 안을 퍼져가 는 물결 하나하나를 해방시켜 주는 것이다.

다섯 시간만 지나면 알리칸테, 오늘 저녁에는 아프 리카다. 베르니스는 생각에 잠긴다. 그는 마음이 편 안하다. '나는 정리해 두었다' 라고 그는 생각한다. 그는 어제 야간 열차를 타고 파리를 떠났다. 참으로 이상야릇한 휴가였다. 그에게는 분명하지 않은 소란

이 뒤얽힌 기억들이 어렴풋하게 남아 있다. 그는 언제가 이 때문에 괴로워하게 될 것이다. 당장은 모든 게 자기의 밖에서 계속되고 있기나 한 것처럼 그 모든 것을 뒤로 하고 있다.

그러나 지금으로서는 다가오는 새벽과 함께 태어나, 새롭게 맞는 아침과 더불어 오늘이라는 낮을 건설하는 데에 자신이 협력하고 있는 것처럼 여기고 있는 것이다. 그는 생각한다. '나는 이제 한 노동자에 지나지 않는다. 나는 아프리카의 우편 항로를 건설하고 있다'라고. 그래서 세계를 건설하기 시작하는 일꾼의 입장에서 보면 매일같이 세계가 새롭게 시작되는 것이다.

'나는 정리해 두었다……' 아파트에서의 마지막 날 저녁. 신문들은 책더미 곁에다 접어두었고, 편지들은 일부는 불살라 버렸거나 얼마는 정리해 두었고, 그리고 세간들을 덮개로 싸 두었다. 이렇게 꽁꽁 묶인 세간 따위들은 본래의 생활에서 끌려나와 다른 공간 속에 내던져졌다. 그럴 때 일었던 마음의 동요는 이미 아무런 의미도 없었다.

그는 여행이라도 준비하듯 그 이튿날을 위한 준비

를 했다. 그는 아메리카에 가기라도 하듯 그 이튿날을 향해 길을 떠났다. 결말을 짓지 못한 많은 일들이 그를 여전히 그 자신에게 옭아매어 놓고 있었다. 그런데도 갑자기 그는 자유스럽게 되었다. 베르니스는 이처럼 자유스러울 수 있고, 또 자기 마음대로 죽을 수도 있을 만큼 시간의 여유가 많음을 깨닫고 거의 겁이 날 지경이었다.

불시착 비행장인 카르카손(프랑스 남부에 위치한 관광 도시)이 그의 밑을 흘러 지나간다.

이건 또 얼마나 잘 정돈된 세계인가 —— 고도 3천 미터 이 아래는 —— 마치 상자 속에 채곡채곡 들어 있는 목장처럼 잘 정돈된 세계다. 집들도, 운하도, 길들도 모두 인간의 장난감이다. 그 밭 하나하나가 그 울타리 속에 들어 있고, 정원 하나하나가 그 담벽에 뻗어 있는 분할된 세계이자 정돈된 네모의 세계다. 잡화상 구멍가게 여인이 할머니의 생활을 그대로를 되풀이하고 있는 카르카손. 울타리 속에 갇힌 보잘것없는 행복들, 진열장 속에 잘 정리해 놓은 인간의 장난감들.

너무 벌여놓고, 너무 늘어놓은 진열장 속의 세계. 두루마리로 둘둘 만 지도 위에 잘 정돈되어 있는 도시들, 그리고 서서히 움직이는 땅이 조수와도 같이 그에게 정확하게 가져다 주는 도시들.

그는 자기가 혼자라는 것을 생각한다. 고도계의 지시판에 태양이 빛을 반사한다. 빛나는 태양이지만 얼어붙은 태양이기도 한 것이다. 방향타 간을 한 번 밟자, 풍경 전체가 방향을 바꾼다. 이 빛은 광물성이기에 이 땅도 광물성으로 보인다. 살아 있는 것들의 나약함이라든가, 향기라든가, 부드러움 따위를 이루는 모든 것들이 상실되고 마는 것이다.

그렇다고는 하지만 가죽 재킷 밑에는 따뜻한 육체가 있고 —— 또 연약한 육체의 베르니스가 있지 않은가 —— 두터운 장갑 속에는, 즈느비에브여, 그대의 얼굴을 애무할 줄 알던 훌륭한 손가락이 들어 있지 않은가…….

이제 스페인에 들어섰다.

자크 베르니스, 오늘 그대는 마치 지주(地主)나 된 것처럼 평온한 마음으로 스페인을 통과할 것이다. 낯익는 풍경들이 하나하나 시야에 들어올 것이다. 그대는 천둥과 빗줄기에 둘러싸여도 여유

있게 팔꿈치를 움직일 것이다. 그대에게 바르셀로나, 발렌시아, 지브롤터가 다가왔다가는 뒤로 사라질 것이다. 모든 것이 순조로워질 것이다. 그대는 둘둘 말린 지도를 펼치기만 하면, 그대의 끝마친 일거리는 뒤로 가서 쌓일 것이다. 하지만 나는 기억한다네.

그대가 첫발을 내딛게 되던 그 날, 내가 마지막으로 충고해 주던 말, 그대가 처음으로 우편 비행기를 타기 전날 밤의 추억들을 말이다. 그대는 새벽이 되면 수많은 사람들의 사연을 품에 받아 안기로 되어 있었지. 그대의 그 연약한 팔 속에 말이야. 보물을 외투 속에 감추듯, 그들의 사연을 허다한 함정을 뚫고 가지고 가게 되어 있었다네. 귀중한 우편물을 말일세. 사람들은 말하기를 우편물은 생명보다 귀중한 것이라고 했네. 그렇지만 몹시 연약한 우편물이라고도 했네. 까딱 실수했다가는 불꽃에 휩싸여 흩어져 바람에 날려가 버리는 우편물이지. 나는 무장된 그 전날 밤을 기억한다네.

"그 다음엔?"

"그 다음엔 페니스콜라 해변으로 나가도록 해 보게. 어선들을 조심하게."

"그 다음엔?"

"그 다음엔 발렌시아까지 가는 동안에는 줄곧 비상 착륙 비행장이 있다네. 빨간 색연필로 표시를 해

주지. 달리 방법이 없으면 물이 마른 개천에 착륙하
게."

베르니스는 램프의 초록빛 갓 밑에 펼쳐 놓은 지
도를 들여다보자 마치 중학생 시절로 돌아간 기분이
었다. 그러나 오늘 밤 선생은 땅의 각 지점에서 살
아 있는 비밀을 들추어내서 그에게 보여 주고 있는
것이다. 미지의 나라들이 죽은 숫자들을 보여주는
게 아니라, 꽃들이 여기저기 피어 있는 진짜 들판,
모래가 쭉 깔린 진짜 해변을 보여 주는 것이었다.
그 들판을 지나갈 때는 나무를 조심해야 하고, 그
해변을 날아갈 때는 어부들을 피해야 하는 것이라고
말이다.

자크 베르니스여, 그대는 이미 알고 있었다네. 그
라나다나 아르메리아도, 또 알함브라의 회교 궁전과
사원들도 구경하지 못하고, 다만 조그만 시냇물과
한 그루의 오렌지 나무를 만나게 될 뿐이며, 그들의
하찮은 속삭임만 듣게 될 거라는 걸 말일세.

"내 설명을 잘 듣게. 날씨가 좋으면 곧장 가는 거
야. 하지만 날씨가 나빠져서 낮게 날게 되면 왼편으
로 돌아서 이 계곡으로 들어가게. "

"이 계곡 속으로 들어간다."

"얼마 지나서는 이 고개로 해서 바다로 나오게 되
지."

"이 고개로 해서 바다로 나온다."

"그리고 엔진에 바짝 신경을 쓰게. 깎아지른 듯한 절벽과 바위들이 있으니까."

"만일 엔진이 말을 듣지 않는다면?"

"재주껏 빠져나오게."

그러자 베르니스는 싱긋 미소를 지었다.

젊은 조종사들이란 낭만적이니까. 바위 하나가 돌팔매처럼 날아 그를 죽일 수도 있을 테니까. 어린아이가 달려가는데 누가 손으로 그 어린아이의 이마를 건드려 넘어뜨릴 수 있는 것이니까……

"아니야, 이 사람아, 아니라니까! 재주껏 빠져나올 수 있다는 거지."

그래서 베르니스는 이 교훈을 자랑스럽게 여겼다. 그는 어린 시절 공부한 '아이네이스'(로마의 시인 베르길리우스의 서사시)에서도 자기를 죽음에서 보호해 줄 비결을 하나도 찾아내지 못했었다. 스페인 지도 위를 짚어주고 있는 선생님의 손가락이 지하 수맥을 찾아내는 사람의 손가락이 아니라서 보물도 함정도 보여 주지 못했고, 또 저 목장의 양치기 소녀도 가르쳐 주지 못했던 것이다.

기름 같은 불빛을 흘려 내보내고 있는 이 램프의 불빛은 오늘 얼마나 따뜻한가. 성난 바다를 조용하게 만드는 이 기름 같은 불빛. 밖에서는 바람이 불고 있었다. 이 방은 이 세상 안에 있는 외로운 섬, 선원들의 한 주막집과도 같다.

"포트 와인(포르투갈산의 포도주) 한잔 할까?"

"물론이지."

조종사의 방은 손님이 언제 바뀔지 모르는 주막, 우리는 자주 주막집을 바꿔야만 했다. 회사에서는 우리에게 전날 밤에야 통보해 오는 것이었다. '아무개 조종사는 세네갈로…… 또 아무개 조종사는 아메리카로 전근을 명함……' 라고 말이다. 그러면 그날 밤으로 정든 관계를 끊고, 짐궤짝에 못을 박고, 자기 방에서 자기 자신과 자기 사진과 자기 책들을 정리해 둬야 하는데, 자기가 떠난 뒤엔 유령이 지나간 것만큼도 흔적을 남겨 놓지 말아야 하는 것이다.

때로는 그 날 밤으로 몸에 안긴 소녀의 두 팔을 풀어 놓아야 할 때도 있다. 소녀를 타일러 봐야 소용 없고 온통 싫다고 앙탈인 터에 아예 힘이 빠지도록 지치게 만들어 놓는 것이다. 그렇게 해서 새벽 3시경 잠이 든 소녀를 살며시 내려놓고 빠져나와야만 한다. 이것은 자신의 출발에 대해 체념하는 것이 아니라, 자기의 슬픔을 받아들이는 것이나 마찬가지였다. 그리하여 자기 자신에게 다음과 같이 타일러야 하는 것이었다. '저봐, 울고 있는 걸 보니 어쨌든 체념한 모양이구나' 하고 혼자 중얼거리며 떠나야 하는 일들이 있었던 것이다.

자크 베르니스, 그대는 그 후 이곳저곳 세계를 두루 날아다니며 무엇을 배웠는가? 비행기를 배웠는가? 조종사는 단단한 수정 속에 구멍을 뚫으며 서서히 앞으로 전진하는 것이지. 점차 도시들은 이 도시 저 도시로 바뀌게 되지. 그 도시와 접촉하려면 착륙을 해야 하는 것이다. 그대는 이제 이 보화라는 것이 주어졌다가 곧 바닷물에 씻기듯 시간에 씻겨 사라져 버리고 만다는 것을 알고 있지.

그러나 처음 몇 차례 비행을 하고 돌아왔을 때 그대는 어떤 대단한 사람이 되었다고 생각했으며, 어찌하여 그 새로운 사람을 귀여운 소녀의 환상과 혼동하려고 했던 것인가? 그대는 첫번 휴가를 받았을 때 나를 옛날의 중학교로 데리고 갔지. 베르니스, 나는 그대가 비행기로 지나가기를 기다리는 사하라 사막에서 우리의 어린 시절을 찾아가 보았던 그 일을 우울하게 회상해 본다네.

소나무 숲 사이에 있는 하얀 별장 어느 불 켜진 창문. 다음 창문에, 또 다음 창문에 불이 켜졌다. 그대는 이런 말을 내게 했다.

"여기가 우리가 처음 시를 쓰며 공부하던 방이지
⋯⋯."

우리는 아주 먼 곳에서 돌아온 길이었다. 우리의
무거운 외투는 세계를 누비며 다녔고, 우리들 방랑
자의 영혼은 우리들 자신 속에서 깨어 있었지. 입을
꼭 다문 우리는 장갑을 끼고 든든한 채비를 하고서
미지의 도시들에 내려갔지. 덮쳐 누를 듯 군중들이
우리에게 다가왔지만, 우리를 해치지는 않았지. 우리
는 카사블랑카와 다카르 같은 개화한 도시에서만 흰
플라넬 바지와 테니스 셔츠를 입기로 했었지. 탕헤
르에서는 모자를 쓰지 않고 맨머리로 걸어다녔지.
잠자는 듯 조용한 이 도시에서는 무장이 필요하지
않았기 때문이네.

우리는 사나이다운 근육에 의지하여 씩씩한 몸으
로 돌아왔다. 우리는 싸우기도 했고 괴로움을 당하
기도 했었지. 우리는 끊임없이 넓은 땅을 가로질렀
고, 여자들 몇몇을 사랑했었고, 때로는 죽음에 직면
하기도 했었고, 그와 더불어 단판 노름을 하기도 했
었다. 그것은 오직 우리들 어린 시절을 짓눌렀던 그
숙제와 벌, 두려운 금족령을 떨쳐버리고 토요일 오
후에 있는 점수 발표에 끄떡없는 몸으로 참석하기
위해서였던 거지.

우리가 들어가자, 처음에는 현관에서 속삭이는 소

리가 들리더니 이어 부르는 소리가 났고, 그 다음으로 노인들의 허둥대는 소리가 들려왔다. 그들은 램프의 황금빛 불빛을 온몸에 받으며 양피지 같은 창백한 뺨에 두 눈은 몹시 반짝이며, 정답고도 명랑한 모습으로 우리에게 다가왔다. 그래서 우리는 알았던 것이다. 벌써 우리가 아주 딴 사람이 된 것을 그들이 알고 있는 것이라고 말이다. 선배들이란 앙갚음을 할 결심이라도 가진 듯한 요란한 발걸음으로 다가오는 게 관습이니까.

그럴 만도 했던 것은 그들은 나의 세찬 악수에도, 자크 베르나스의 날카로운 눈길에도 놀라지 않았고, 대뜸 우리를 어른 대접을 했는데, 일찍이 우리들에게 한 번도 말해 준 적도 없는 아주 오래 된 사모스 포도주병을 가지러 달려갔기 때문이었다.

우리는 저녁 식사를 하기 위해 모두 식탁에 둘러앉았다. 화톳불에 둘러앉은 농사꾼들처럼 램프의 갓 아래 바싹 붙어 앉았다. 우리의 시야에 비친 그들은 허약해 보였다.

그들의 관용성 때문에 그들이 약해 보였던 것이다.

예전에 우리가 게을렀던 것에 대해 그것은 악습이며 빈곤으로 이끄는 것이라고 하면서, 그거야 어린애들의 잘못에 불과한 것뿐이라고 웃어넘겨 버린 그들이었다. 그걸 꺾어야 한다고 그렇게도 주장하던 우리의 자존심을 그 날 저녁 그분들은 추켜주며 고상하다고까지 말해 주는 것으로 알 수 있었다. 우리는 철학 선생의 고백까지도 들었다.

어쩌면 데카르트는 그의 학설을 부당 전제(不當前提)에 두었던 것인지도 모른다. 파스칼은? 파스칼은 잔인했던 것이다. 파스칼은 그 자신이 그토록 많은 노력을 했음에도 인간의 자유라는 해묵은 문제를 해결하지 못하고 세상을 떠나고 말지 않았던가. 그리고 그 철학 선생이, 결정론(決定論)에 대해서 우리가 그 텐(프랑스 실증주의 철학자)의 학설에 물들지 않게 하려고 애쓰던 그분이, 학업을 마치고 떠나가는 소년들에게는 인생에 있어서 니체보다 더 가혹하다고 생각하던 그분이, 우리들에게 죄스러운 애정을 느꼈다고 고백했던 것이다.

니체…… 바로 그 니체가 그분의 마음을 어지럽혔다는 것이다. 그리고 물질의 현실 문제도 그렇고…… 그분은 뭐가 뭔지 알 수가 없게 되어 불안해진다고 했다……. 그 때 그분은 우리에게 질문을 했다. 우리는 이 따뜻한 집에서 인생의 커다란 폭풍

속으로 뛰어나갔었으므로 이 지상의 진정한 날씨는 어떻더라는 것을 그분들에게 들려주어야만 할 판이었다. 한 여인을 사랑한 남자가 정말 피리우스처럼 여자의 종이 되는 건지, 아니면 네로처럼 그의 사형 집행인이 되는 건지를 말이다. 아프리카와 그 황야, 그리고 그 푸른 하늘이 지리 선생이 가르치던 그대로였는지를 말이다(그리고 자기 몸을 보호하려고 두 눈을 감아 버린다는 타조가 정말 그렇게 하는지를 말이다). 자크 베르니스는 고개를 조금 숙였다. 그는 큰 비밀을 간직하고 있기 때문이었다. 하지만 선생들은 그에게서 그 비밀들을 벗겨 버렸다.

그분들은 베르니스에게서 행동의 도취감에 대해 엔진의 폭음에 대해서 알려고 했고, 또 우리가 행복을 느끼기 위해서 그들 노교사들이 하는 것처럼 저녁 나절 장미나무나 손질해 주는 것만으로 만족할 수 없는 건 아니냐고 물으려 했던 것이다. 이번에는 그가 루크레티우스(로마에서 기원전 1세기에 태어난 시인)니 전도서(구약 성경의 한 책)니 하는 것을 설명해 주고 충고해 줄 차례였다.

베르니스는 비행기가 고장으로 사막 한가운데 떨어졌을 때 살아남으려면 얼마의 먹을 것과 얼마간의 물을 가지고 가야 한다는 것을 그분들에게 일러주었다. 베르니스는 서둘러 그분들에게 마지막 충고를

해주었다. 조종사를 모리타니
아 사람들에게서 구해 내는
비결이며, 조종사를 불길에서
구해 내는 신경의 반사 작용
들에 관한 것이었다.

이런 말을 듣고 그분들은
고개를 끄덕였고, 아직은 걱
정이 되면서, 세상에 이런 새로운 힘을 내놓는 일을
자랑스러워하며 흐뭇해했던 것이다. 그분들은 하나
같이 이 영웅들을 찬양해 마지않고, 또 손으로 직접
만져보고는, 이런 영웅을 알게 되었으니 이제는 죽
어도 좋다고 생각하는 것이었다. 그분들은 소년 시
절의 시저 이야기도 들려주었다.

그러나 우리는 그분들을 서글프게 할지도 몰라, 우
리가 쓸데없는 행동을 하고 난 뒤에 맛보는 환멸과
휴식 뒤의 실망에 대해서도 이야기했다. 그리고 그
중 가장 연세가 많은 분이 몽상에 잠기는 것을 보자
우리는 마음이 불편해, 유일한 진실은 책 속에서 얻
게 되는 평화가 아니겠느냐고 말해 주었다. 그러나
선생들은 이미 그것을 알고 있었다. 그들이 사람들
에게 가르치고 있던 게 역사였던 만큼 그들의 경험
은 냉엄한 것이었다.

"왜 자네는 고향에 돌아왔는가?"

베르니스는 대답하지 않았다. 하지만 나이 드신 선생님들은 사람들의 마음을 알고 있었다. 그래서 눈을 찡긋 하면서 사랑 때문이지, 하고 생각하는 것이었다.

4

하늘에서 내려다본 땅은 헐벗고 죽어 있는 것 같았다. 비행기가 하강하면 비로소 땅은 옷을 입는다. 땅은 숲으로 포근히 덮이고, 땅 위에 골짜기와 야산들이 물결 같은 이랑을 새겨 놓는다. 땅이 숨을 쉬는 것이다. 산 위를 날 때에는 잠든 거인의 가슴 같은 산이 거의 비행기에 닿을 듯이 부풀어오른다.

이제는 지상의 가까워진 사물들의 흘러가는 속도가 마치 다리 밑의 급류처럼 빨라진다. 그것은 단단하던 세계가 무너지는 모습이다. 나무며 집이며, 마을들이 판판한 지평선에서 떨어져 나와 비행기 뒤로 날아가 버리는 것이다.

알리칸테의 착륙장이 솟아올랐다가 기우뚱 기울어

졌다가 자리를 잡는다. 바퀴가 땅에 스치며 압착기의 롤러에 걸리기라도 하듯 대지에 접근해 날카롭게 날을 세우는 것이다……

베르니스는 조종석에서 무거운 다리를 끌며 내린다. 잠시 동안 그는 두 눈을 감는다. 아직 그의 머릿속은 엔진의 폭음과 생생한 영상들로 가득 차 있으며, 그의 손과 발은 비행기의 진동을 아직 그대로 느끼고 있는 것 같다. 그러더니 사무실로 들어간 그는 천천히 의자에 앉는다. 그리고 팔꿈치로 잉크병과 책 몇 권을 밀어내고 612호기의 항공 일지를 끌어당긴다.

'툴루즈 ↔ 알리칸테. 비행 시간 5시간 15분.'

펜을 멈추고, 그는 피로와 몽상에다 자신의 몸을 맡긴다. 명확하지 않은 소리가 그의 귀에 들린다. 어딘가 수다스런 여인이 지르는 목소리다. 포드 자동차의 운전수가 문을 열고 미안하다고 하며 싱긋 미소를 짓는다. 베르니스는 이 도시의 성벽과 문과 몸집이 큰 운전사를 둘러본다.

10여 분 동안 그는 무슨 말인지 알아듣지 못할 이야기에 끼어들었는데, 운전수는 몇 번이고 그쳤다 다시 시작했다가 하는 몸짓을 하곤 했다. 현실감 없

는 광경이었다. 그렇지만 문 앞에 서 있는 나무는 30년 전부터 그 곳에 그대로 있다. 30년 동안 이 풍경의 초점이나 마찬가지다.

'엔진, 이상 없음.'
'기체, 오른쪽으로 기울어짐.'

펜대를 내려놓은 그는 그저 졸립군, 하고 생각할 뿐이다. 그리고 그의 관자놀이를 찍어누르는 몽상이 다시 머리를 번거롭게 한다.

참으로 해맑은 풍경 위로 쏟아지는 호박색 광선, 잘 정리된 밭과 목장들, 오른쪽에 자리잡은 마을, 왼쪽에는 조그마한 양떼, 그 양떼를 둘러싼 파란 하늘. 이건 '한 채의 집이군' 하고 베르니스는 생각한다.

그는 갑자기 그 풍경, 그 하늘, 그 땅이 무슨 모양으로 되어 있었는데 하고 생각하다가, 집처럼 지어진 것이라는 확연한 생각이 들었다. 아주 친숙한 집, 모든 물건들이 하나하나 바로 서 있는 집. 이런 안정된 풍경 속에는 어떤 위험도 어떤 틈새도 없다. 그는 그 풍경의 안쪽에 자리잡고 있는 느낌이었다.

이것은 마치 늙은 부인네들이 그들의 침대 창가에서 세월이 흘러가는 것을 깨닫지 못하는 것과 마찬가지다. 잔디는 싱싱하고, 정원사는 느릿느릿 꽃들에게 물은 준다. 부인네들은 정원사의 우람한 등을 따라 시선을 옮긴다. 반들거리는 마룻바닥에서는 왁스 냄새가 피어올라와 그녀들을 취하게 한다.

집 안의 질서는 아늑하다. 그 날 하루 바람이 불고, 태양이 내리쬐고, 소나기가 오고 했지만, 상하게 한 거라곤 겨우 장미 몇 송이일 뿐이다.

"시간이 됐군. 그럼, 난 가네."

다시 베르니스는 출발한다.

베르니스는 폭풍우 속으로 들어간다. 폭풍우는 비행기를 악착스럽게, 마치 파괴자의 곡괭이처럼 두둘겨댄다. 전에도 이런 일을 당했었다. 빠져나가게 되겠지. 베르니스에게는 기본적인 생각과 행동을 해야 한다는 생각밖에 없다. 회오리바람의 기류가 그를 처박는 이 병풍처럼 둘러싸인 산 속에서, 질풍처럼 몰아치는 빗줄기가 어찌나 엄청나던지 밤중처럼 어두워진 이 병풍 같은 산골짜기를 벗어나야 한다는 생각뿐이었다. 어떻게든 이 높은 담을 뛰어넘어 바다로 나아가야 한다는 생각만이 전부였다.

충격이다! 어디가 부서졌나? 갑자기 비행기가 왼쪽으로 기우뚱한다. 베르니스는 한 손으로, 다음에는 두 손으로, 나중에는 몸 전체로 비행기를 붙들고 버틴다. '이런 빌어먹을!' 비행기는 땅을 향해 떨어지기 시작한다. 이제 베르니스는 파멸이다. 이제 1초만 지

나면 그는 이 무너진 집에서, 겨우 그가 이해하게
된 이 집에서 밖으로 영원히 내동이쳐져 버릴 것이
다. 들판과 숲들과 마을들이 빙글빙글 돌면서 그를
향해 솟아오를 것이다. 보이는 것이라곤 연기뿐, 소
용돌이치는 연기, 연기뿐이다! 하늘의 사방에서 파멸
의 노래가 곤두박질처럼 들릴 것이다…….

'아아! 무서웠다……' 한번 발뒤꿈치로 내질렀던
게 조종색(操縱索)을 제 위치로 바로잡아 놓았던 것
이다. 조종 장치가 말을 들어주지 않았던 것이다. 뭐
라고? 사보타지(Sabotage ; 파업)라고? 아니지, 절대로
그렇지 않아. 한번 발뒤꿈치로 내질러서 세계를 바
로잡는 것이니까 얼마나 숨막히게 놀라운 모험적인

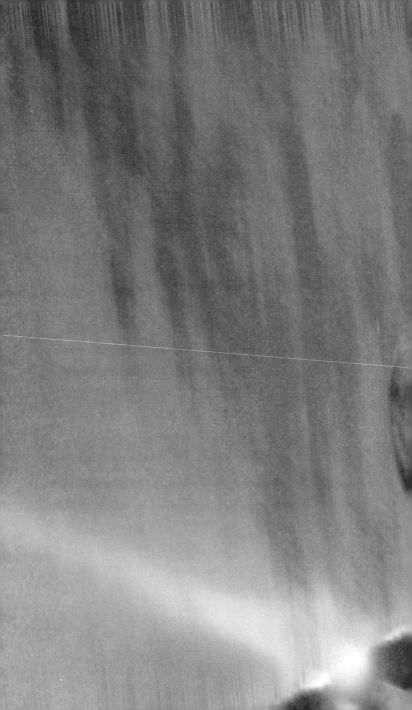

사건인가!

모험적인 사건이라? 그런 순간에 있었던 것이란 입 안의 쓴맛과 몸이 쩌릿했던 것밖에 없었다. 아, 그렇다! 순간적으로 엿본 그 단층(斷層)은 정말 소름이 끼쳤다. 모든 게 단지 눈가림에 불과했다. 도로도 그렇고, 집도, 운하도 그렇고 말하자면 모든 게 사람들의 장난감이었다!

이제 지나간 것이다. 끝이 난 것이다. 이제 여기는 하늘이 맑다. 기상 예보에는 이렇게 나와 있다. '하늘의 4분의 1 가량 새털구름이 끼겠음' 이라는 예보. 일기 예보? 기압의 등고선? 보르즈상 교수의 '구름의 분류?' 축제일다운 날이라? 그렇다. 7월 14일(프랑스혁명 기념일)에 알맞은 날이다.

"말라가에서는 축제일입니다!"

하고 말했어야 할 판이다. 시민이라면 누구나 1만 미터의 맑은 하늘을 머리 위에 소유하고 있다. 새털구름에까지 뻗은 하늘, 수족관도 이처럼 맑고 널찍한 일은 일찍이 없었다. 요트 경주를 하는 날의 저녁 물굽이가 이러할 것일지 모른다. 푸른 하늘, 푸른 바다, 선장이 입은 푸른 깃과 푸른 그 눈. 날씨 좋은 휴가.

끝난 것이다. 편지 3만 통이 살았다.

항상 회사에서는 말해 왔다. '우편물은 소중한 것이다'라고. 우편물은 생명보다 더 소중한 것이라고……. 그렇다. 3만 명의 애인을 살릴 수 있는 것이니까……. 애인들이여, 좀 참아라! 석양의 빛을 헤치고 나는 그대들에게 가고 있는 것이다. 베르니스 뒤에는 짙은 구름들이 회오리바람에 섞여 통 속으로 소용돌이치고 있다. 그의 앞에는 햇살을 받은 땅이, 목장의 깨끗한 옷감이, 두터운 모직물 같은 숲이 펼쳐지고 있다.

지브롤터의 상공쯤에 해가 지고 있을 것이다. 그러면 탕헤르(모로코의 항구 도시)를 향해 왼쪽으로 선회하게 되는데, 그것으로 베르니스는 마치 물결에 떠다니는 거대한 빙산과 같은 유럽 대륙과 하직하게 되는 것이다…….

갈색 토양으로 이뤄진 몇몇 도시를 더 지나가게 되면, 그 다음은 아프리카로 들어선다. 그리고 검은 토양 같은 기름진 몇몇 도시들을 다시 지나면 그 다음으로 사하라 사막이 나타난다. 오늘 밤, 베르니스는 땅이 옷을 벗는 것을 구경하게 될 것이다.

베르니스는 풀이 죽어 있다. 두 달 전에 그는 애인 즈느비에브를 정복하려고 파리로 갔었다. 어제 그는 자신의 패배를 깨끗이 정리하고 회사로 돌아왔다. 뒤로 멀어져 가는 이 들판, 이 도시, 이 불빛들은 실은 베르니스가 내팽개친 것들이다. 그가 그 모든 것을 벗어던지고 있는 것이다.

1시간만 지나면 탕헤르의 등대 불빛이 보이게 될 것이다. 자크 베르니스는 탕헤르의 등대가 시야에 들어올 때까지 추억에 잠겨 비행을 할 것이다.

제 **2** 부

이쯤에서 나는 두 달 전으로 돌아가 그 때 있었던 이야기를 해야겠다. 그렇게 하지 않는다면 무엇이 그 두 달에 남아 있겠는가?

내가 이야기 하려고 하는 사건이, 조그만 소용돌이 같은 동심원 파문을 점차 거두어 내야 한다. 그 사건에서 내가 받은 강렬한 감동이 얼마 지나면 보다 약해지고 보다 온화하게 가라앉을 것이고, 세상은 다시 안정된 것으로 내게 비칠 것이다.

그래서 이제는 즈느비에브와 베르니스의 추억이 담긴 그곳을 나는 벌써 서글픔에 잠기지 않고도 산책을 할 수 있게 되지 않았느냐 말이다.

두 달 전, 그는 파리를 향해 올라가고 있었다. 그러나 오랫동안 파리를 떠나 살아왔던 때문인지, 그는 제자리를 찾지 못하고 파리에서 거추장스러운 존재가 되고 만다. 그는 나프탈렌 냄새가 밴 윗도리를 입고 있는 자크 베르니스에 지나지 않았다.

그는 말을 잘 듣지 않는 서툰 육체로 움직이고 있었다. 그리고 방 한쪽 구석에 잘 정리 정돈된 그의 짐들은 일시적이며 불안정한 것이라는 인상을 풍기고 있었다. 그 방은 아직 흰 보자기와 책들로 덮여 있지 않았다.

"여보세요…… 아, 자넨가?"

그는 전화로 우정을 점검해 본다. 저쪽에서 환성을 지르며 그를 맞는다.

"야, 반갑네!"

"그럼! 언제 만날까?"

마침 오늘은 시간이 없다고 한다. 내일은? 내일은 골프를 치러 가지만 그도 함께 치러 가자고 한다. 가고 싶지 않다고? 그럼 모레는? 저녁 8시에. 저녁을 함께 하지.

그는 내키지 않은 발길로 댄스홀로 들어선다. 놀이때들 틈바구니에서 그는 탐험가 차림의 외투를 벗지 않고 그대로 입고 있다. 그들은 이 울타리 속에서 수족관 속의 붕어들처럼 그들의 밤을 보낸다. 음악을 틀어놓고 한 차례 춤을 추고는 자리로 돌아와 앉아 술을 마신다. 이같이 소란스러운 가운데 베르니스는 혼자 정신이 말짱한 채 마치 짐꾼처럼 무거운 마음이 되어 다리에 힘을 주고 서 있다.

그의 생각은 조금도 흐트러짐이 없다. 그는 테이블 사이를 지나 빈 자리로 걸어간다. 그가 눈길을 보내는 여자들의 눈은 딴 곳으로 돌려지고, 그 빛이 꺼져 버리는 것 같다. 젊은 녀석들은 그를 지나가게 하려고 재빨리 몸을 움직인다. 마치 밤에 순찰을 도는 장교가 가까이 오자 서 있던 보초들의 손가락에서 쥐고 있던 담배가 떨어지는 것과 흡사하다.

이러한 세계는 휴가로 돌아오게 될 때마다 다시 만나게 되는 것이다. 그것은 보르타뉴 지역의 뱃사람들이, 그림 엽서에서 보는 것과 같은 그들의 마을과 그들의 얌전한 약혼녀를, 항해에서 돌아올 때마다 다시 만나는 것과 마찬가지였다. 약혼녀들은 어린 시절에 읽은 책 속의 삽화처럼 한결같이 그 때의 모습 그대로였다.

모든 것이 제자리에 잘 놓여 있고, 또 운명의 힘에 따라 정돈되

듯이 지배되고 있는 것을 보면 우리는 도리어 막연한 공포마저 느끼는 것이었다. 베르니스가 어떤 친구에 대한 소식을 물으면 대답은 한결같았다.

"물론이지. 여전하고 말고. 그 사람이 하는 게 잘되어 가고 있는 건 아니지. 알다시피 살아가는 일이란 게……."

사람들 모두가 자신의 포로이며, 또 알지 못하는 브레이크에 걸려 있었다. 그리고 모두들 도망꾼이며, 가난한 아이이며, 요술쟁이인 그와는 영 딴판이었다.

그의 친구들은 겨울과 여름을 두 번 나는 동안 거의 볼품없게 되었고, 퍽 수척해 있었다. 술집 한 구석에 있는 여인도 그녀가 누구인지 그는 잘 알고 있었다. 손님에게 웃음을 너무 판 탓에 지쳐빠진 얼굴을 하고 있었다. 술집 주인도 다를 바 없었다.

그는 술집 주인이 자기가 누구인지 알아볼 것 같아 겁이 났다. 그에게 말을 거는 그의 목소리가 자기 안에 죽은 베르니스를, 날개 없는 베르니스를, 탈출하지 못한 베르니스를 다시 되살아나게 할 것처럼 여겨졌다.

고향으로 돌아오는 동안에 그의 주위로는 감옥과 흡사한 하나의 풍경이 조금씩 꾸며지고 있었다. 사하라 사막의 모래들과 스페인의 바위들이 마치 연극무대의 배경처럼 점차 물러나고 진짜 풍경을 드러내

보이려고 하고 있었
다.

국경을 넘어서자 마
침내 페르피냥의 들
판이 나타났다. 비스
듬하게 뻗친 석양 빛
이 조금씩 엷어져 가는 그 들판에는 풀잎이 여기저
기에 걸쳐 황금빛이 차츰 더 여려지고 더욱 투명해
지면서 사라져 가고 있었다. 아니, 차라리 증발되어
가고 있었다.

그 때, 파란 하늘 아래로 어두컴컴하고도 부드러운
녹색의 진흙이 펼쳐졌다. 정적이 감도는 세상이었다.
엔진의 속도를 줄이고 바닷속으로 잠수해 들어가듯
다가간다. 그 곳에는 모든 것이 잠들어 있고, 모든
것이 담벼락과 같으며, 또 오래 가며 분명하다.

비행장에서 역으로 가는 자동차 길, 그의 앞에 마
주앉은 표정 없고 굳어진 얼굴들, 자신들의 운명이
새겨져 있는 손들은 똑바로 무릎 위에 무거운 듯 놓
여져 있다. 밭에서 일을 하다 돌아가는 농부들도 스
쳐 지나갔다. 자기 집 문 앞에 서서 수많은 남자들
가운데서 한 사람을 기웃거리던 그 처녀, 그러나 숱
한 소망을 단념해 버린 그 처녀. 아이를 흔들어 주
고 있던 그 어머니, 이제는 아이에게 사로잡혀 달아

날 수도 없는 그 어머니.

세상 일들의 비밀에 직접 접촉한 베르니스는 더없이 은밀한 지름길로 고향에 돌아왔다. 이 정기 항공로의 조종사는 트렁크 하나 들지 않고, 두 손을 주머니에 찌른 채 고향에 귀환한 것이었다. 그가 돌아온 곳이란 요지부동의 땅이었다. 담벼락 하나를 고치고 밭 한 뙈기를 늘리는 데에 무려 20년 동안의 소송을 해야 하는 그런 세계로 돌아온 것이다.

그는 아프리카에서 2년을 근무했다. 그 곳에서 해면처럼 끊임없이 움직이는 변화의 풍경을 경험했던 터였다. 하지만 그런 것들은 태고의 풍경이며, 유일한 풍경인 동시에 영원한 풍경이었다. 그런 곳에서의 2년을 마치고 지금 그는 그 곳에서 빠져나와, 진정한 대지 위로 돌아와 천사장처럼 서 있는 것이다.

"그런데 모든 게 예전 그대로가 아닌가……."

모든 것이 달라졌으리라고 걱정을 했었다. 하지만 정작 돌아와 보니 예전의 모습 그대로인 것이 도리어 괴로웠다.

그는 친구들과의 만남과 우정에서 더 이상 기대할 수도 없고 막연한 권태감이 들었다. 사람은 멀리 떨어져 지낼 때 막연한 상상을 한다. 사람들은 누구나 떠날 때에는 찢어지는 듯한 가슴을 안고, 애정 같은 것은 뒤에 내팽개쳐 버린다. 마치 보물을 땅 속에 파묻어 버리는 듯한 감정과도 같다. 이러한 도피는 도리어 그 사랑이 탐욕스럽다는 증거라고도 할 수 있다.

별이 총총 박힌 어느 날 밤, 사하라 사막에서 하늘을 바라보며, 그가 멀리 두고온 애정을, 밤과 시간에 의하여 묻혀진 씨앗처럼 그 뜨거운 애정을 생각해 본 적이 있다. 그 때 문득 자신은 애인의 잠든 모습을 보기 위해 뒤로 물러나 이처럼 멀리까지 온 게 아니었는가 하는 느낌이 들었다.

그 때 그는 비행기가 고장나 기체에 기대어 서서 사막의 곡선이며 지평선의 굴곡을 바라보고 있었다. 그러면서 그는 마치 목자(牧者)처럼 자기의 사랑을 밤새워 지키고 있었던 것이다……

'그런데 돌아와 보니 이 모양이라니!'

어느 날, 베르니스는 나에게 다음과 같은 편지를 보내왔다.

……나의 귀향에 대해 말하고 싶은 게 없네. 감격이 나에게 있을 때만이 나는 나 자신이 바로 주인이라고 여겨진다네. 그러나 귀향해 보니 어떤 감격도 느낄 수 없군. 나는 1분 늦게 예루살렘에 도착한 순례자와 같았네. 도착한 순간, 그 순례자의 욕망도 신앙도 사라져 버리고, 그 곳에 굴러다니는 돌멩이만

시야에 들어올 뿐이었네. 이 도시는 모두 벽뿐이라네. 나는 다시 떠나고 싶다네.

자네도 기억할 것이네. 첫출발 때, 우리는 함께 출발했었지. 무르시아라든가 그라나다 같은 도시들은 진열장 속의 골동품처럼 누워 과거에 파묻혀 있었네. 우리는 그 곳에 착륙하지 않았으니까 말일세. 그 도시들은 여러 세기를 지나며 찌꺼기가 쌓이듯 남겨 놓은 것이지. 엔진 소리는 폭음이 요란해 다른 소리는 다 삼켜 버리고, 풍경은 영화의 필름처럼 소리없이 폭음을 뒤로 하고 스쳐 지나가고 있었지.

그리고 그 추위, 우리는 고공을 날고 있었기 때문이지. 그래서 그 도시들은 얼음 속에 갇혀 있는 것이나 마찬가지였지만…… 자네 생각나나? 그 때 자네가 내게 건네준 종이쪽지를 나는 아직도 간직하고 있다네.

그건 이랬지. '덜거덕거리는 저 이상한 소리를 조심하게…… 저 소리가 심해지면 해협으로 들어가지 말게'라고 쓴 쪽지였지.

두 시간 지난 뒤, 지브롤터 상공에 접어들었을 때는 '타리파(스페인 남부에 위치한 항구 도시)를 기다렸다가 횡단하게. 그게 상책일세'라는 내용이었네.

탕헤르에서는 '너무 오래 있지 말게. 땅이 물렁물렁한 곳이니까' 하는 내용이었고.

그뿐이었지. 세계를 정복한다는 건 이런 간단한 말로써 하는 거라네. 나는 이 짧막한 자네의 명령에 따라 강력한 전략의 계시를 받을 수 있었네.

탕헤르는 아무것도 아닌 조그만 도시, 이 도시가 내 첫 정복지였지. 그것이 내 첫번째 불법 침입이었다네. 그렇고 말고. 그 때 우선 수직으로 하강해야만 했지만, 차츰 내려가는 동안 풀밭이며 꽃들이며 집들이 활짝 피어났지.

어둠 속에 잠겨 있던 도시를 광명 속에 드러내자 갑자기 도시는 생기가 돌았네. 그리하여 나는 굉장한 발견을 하게 되었네. 이를테면 비행장에서 5백 미터 떨어진 곳에서 밭을 갈고 있는 아랍인을 내게로 끌어당겨 나와 똑같은 크기의 사람이 되게 했거든. 정말이지 그 사람은 나의 전리품, 나의 창작물, 나의 장난감이었네. 드디어 나는 볼모를 잡은 것이었네. 그러니까 아프리카는 나의 소유가 되었다는 말일세.

2분 뒤에 풀밭으로 내려선 나는 생명이 다시 시작되고 있는 어떤 별에 와서 내려앉은 것 같은 젊은 기분이었다네. 새로운 땅, 새로운 하늘 안에서 나는 자신이 어린 나무처럼 느껴졌다네. 그래서 나는 기분 좋은 시장기를 느끼고 기지개를 켜며 여행의 피로를 풀고, 성큼성큼 탄력 있는 발걸음을 옮겨 놓으며 조종의 피로를 풀었지. 그런 한편, 내가 착륙을 해서 내 그림자를 붙잡게 된 것을 생각하며 껄껄 웃었네.

그리고 그 아프리카의 봄! 자네는 기억하나? 툴루즈의 잿빛 하늘에서 비가 내린 뒤에 맞은 봄이 생각나나? 사물과 사물 사이를 흘러다니던 싱그러운 공기! 여자들은 저마다 비밀을 간직하고 있었지. 말하는 억양 하나에도, 그 몸짓 하나에도, 또 입 다문 침묵 속에서까지도 간직한 비밀이었지. 그들은 모두 탐이 나는 여자들이었지.

자네는 내 성질을 알겠지만, 내 예감으로 나는 알지 못하는 뭔가를 찾으러 아주 멀리 가려고 재출발을 서둘렀지. 그건 내가 보물의 샘인 지하 수맥을 찾아 세상을 헤매는 사람이었기 때문이지. 개암나무 가지를 가지고 나뭇가지가 수맥을 찾아 파르르 떨 때까지 말일세.

그러니 내가 찾고 있는 게 뭔지 자네가 좀 가르쳐 주게. 그리고 내가 창가에 서서 내 친구들이 있는 도시, 내 욕망과 내 추억이 서려 있는 도시를 내다

보면서 왜 절망을 하고 있는가를 말해 주게나. 왜 내가 쉽게 보물의 샘을 찾지 못하고, 또 이토록 보물과는 너무도 멀리 떨어져 있는 것 같은 생각이 연신 드는지를 가르쳐 주게. 그리하여 사람들이 나에게 준 그 은밀한 약속, 그리고 눈에 보이지 않는 어떤 신이 지켜 주지 않는 그 약속이란 게 도대체 어떤 것인지 말해 주게.

나는 찾고 있던 샘을 발견했다네. 자네 기억나나? 내 연인 즈느비에브 말일세……

베르니스의 편지에서 즈느비에브라는 이름을 읽으면서 나는 눈을 감았다.

즈느비에브여, 그대의 어릴 적 모습이 떠오르는구나. 우리가 열세 살이고, 그대는 열다섯 살이었다. 우리의 추억 속에서 그대가 나이를 먹는 일이 있을 수 있을까? 그대는 우리의 추억 속에 언제나 소녀로만 남아 있다.

그대에 대해서 우리가 다른 사람에게서 듣고 깜짝 놀라거나 또는 그대를 생각할 때나, 그리고 우리가 인생의 모험을 나서게 한 사람도 한결같이 연약한 소녀로 남아 있는 그런 그대였던 것이다.

다른 사내들이 이미 성숙한 여인의 손을 잡고 그들의 제단에 여인을 세울 때, 베르니스와 내가 아프

리카의 오지에서 약혼녀로 삼은 상대는 바로 열다섯 살 먹은 소녀인 그대였다. 열다섯의 소녀인 그대는 어머니들 가운데서 가장 어린 어머니였다.

그 나이란, 나무를 타고 올라가며 허벅지를 그대로 드러내 보이거나 다치는 그런 나이였는데, 그대는 그렇지 않고 굉장한 장난감인 진정한 요람을 원했다. 그리고 이러한 이상한 사실들을 눈치채지 못하는 그대의 가족들 사이에 있으면서도 그대는 보통의 여자들처럼 얌전한 생활을 하였고, 그러는 동안에도 우리를 위하여 겸허한 생활 속에서 여성답게 행동하고 생활했다.

그대는 그 마법의 문을 통하여 —— 가장 무도회나, 어린이 무도회에 들어가기라도 하듯 —— 아내로, 어머니로, 선녀로 가장하고 이 세상에 들어왔던 것이다.

그대는 우리의 선녀였다. 나는 기억한다. 그대는 오래 된 집의 두터운 벽에 둘러싸여 살고 있었다. 총구멍처럼 뚫린 창문의 창턱에 팔꿈치를 괴고 달을 바라보던 그대의 모습이 눈에 선하다. 달이 떠오르고 있었다. 곧 들판이 술렁거리기 시작했다. 매미 날개의 그 따르륵거리는 소리를, 개구리 배에 꾸르륵거리는 소리를, 집으로 돌아가는 소의 목에 달린 방울 소리를 내기 시작했다.

달이 떠오르자, 어떤 때는 마을에서 사람의 죽음을 알리는 조종이 울려 귀뚜라미들과 밀이삭과 매미들에게 표현할 길 없는 죽음의 소식을 알리곤 했다. 그럴 때 그대는 창가에서 윗몸을 앞으로 내밀고 약혼자에 대한 걱정을 했다. 희망만큼 깨지기 쉬운 것은 없었으니까.

달은 여전히 떠오르고 있었다. 임종의 종소리를 뒤로 하고 부엉이는 사랑을 찾아 서로 불러대고 있었다. 서성이던 개들은 둥그렇게 둘러앉아 달을 향해 짖어댔다. 그러면 나무 한 그루 한 그루가, 풀 한 포기 한 포기가, 갈대 한 줄기 한 줄기가 다 되살아났다.

달은 자꾸만 솟아오르고 있었다. 그럴 때면 그대는 우리의 손을 잡고 우리더러 귀를 기울여 들어보라고 했다. 좋은 소리라고 하면서 그대는 땅의 소리며, 사람을 안심시키는 좋은 소리라고 했던 것이다.

그대는 그 집에 의해서 잘 보호를 받고 있었으며, 그 집 주위 또한 대지의 살아 있는 저 의상들로 보호받고 있었다. 그대가 약속을 맺고 있는 대상은 보리수와 떡갈나무와 양떼들이었는데, 이 때문에 우리들은 그대를 그들의 여왕님이라고 불렀지.

세상이 밤을 맞이할 준비를 할 때면, 그대의 얼굴에는 점차 평온이 되살나고 있었다.

'농부가 가축들을 우리 속으로 몰아넣고 있구나.' 그대는 멀리 떨어져 있는 외양간의 불빛을 보고 그것이 이런 거라는 걸 알아냈다. 그리고 어디선가 들릴 듯 말 듯 둔탁한 소리를 듣고도 '수문을 닫고 있구나' 하고 말했었다. 모든 것이 질서 정연했다.

저녁 7시가 되면 마침내 특급 열차가 우렁찬 소리를 내며 마을을 지나 사라져 간다. 그러면 침대차의 유리창에 기댄 얼굴처럼 불안하게 흔들리며 불확실한 것들을 그대는 그대의 세계에서 모두 쓸어내 버린다.

그대의 저녁 식사가 시작된다. 넓지만 어두컴컴한 식당에서 그대는 밤의 여왕이 되는 것이었다. 우리는 스파이처럼 그대의 그런 모습을 끊임없이 훔쳐보았으니까.

그대의 모습은 등불의 갓에서 퍼져나온 둥근 황금빛에 비친 머리채밖에 보이지 않았다. 그대는 살림살이가 널려 있는 한가운데 있었는데, 주변의 늙은이들 곁에서 말없이 앉아 상체를 내밀고 있었던 것이다. 그 불빛의 왕관을 쓰고 그대는 군림하고 있었다. 그렇듯 그대는 사물들과 잘 결합되고 있었다. 그대는 사물과 그대의 생각과 그대의 상태를 그렇듯 확신하고 있었던 것 같았다. 그래서 우리는 그대가 영원한 존재로 보였던 것이다. 그대가 우리를 지배하였으니까……

우리는 알고 싶은 게 있었다. 그대를 괴롭힐 수 있을지, 숨막히도록 그대를 으스러져라 껴안을 수 있을지, 그게 알고 싶었다. 우리는 그대 안에 있는 인간적인 것이 있음을 알고, 그것을 밖으로 끄집어내고 싶었기 때문이다. 그대가 갖고 있는 애정과 슬픔을 우리들 눈으로 직접 확인해 볼 수 있도록 꺼내보고 싶었던 것이다.

그래서 베르니스가 두 팔로 그대를 껴안았을 때 그대는 얼굴을 붉혔다. 그러자 베르니스는 그대를 더욱 힘주어 끌어안았다. 그 때 그대의 눈은 눈물로 반짝였다. 그렇지만 늙은 노파가 울 때처럼 그대의 입술이 추하게 일그러지지는 않았다. 베르니스가 그대의 눈물을 보자, 그 눈물은 갑자기 가슴이 벅찬 나머지 흐른 것이기 때문에 다이아몬드보다 더 값지고 소중한 것이라고 했다.

그래서 그걸 마시는 사람은 불사신이 될 거라고 나에게 말했었다. 베르니스는 또 이렇게도 말했다. "물 속에 요정이 살고 있듯이 그대는 그대의 속에 살고 있다"라고 말했던 것이다. 그러한 그대를 물

밖으로 나오게 하는 여러 가지 방법을 알고 있다고 했는데, 가장 확실한 것은 그대를 울리는 것이라고 했다.

이와 같이 우리는 그대에게서 사랑을 훔쳤던 것이다. 그러나 우리가 그대를 놓아주면 그대는 금세 깔깔 웃었으며, 그 웃음소리에 우리는 몹시 당황했다. 한 마리 새를 느슨하게 잡고 있다가 놓쳐 버린 것처럼 말이다.

"즈느비에브, 시를 읽어줘."

그대는 조금 읽었지만, 그것만으로도 우리는 이미 그대가 시를 다 알고 있다고 생각했다. 일찍이 우리는 그대가 당황해 하는 기색을 본 적이 없다.

"시를 읽어줘……."

그대는 시를 읽어주었다. 그 시는 시인에게서 오는 것이 아니라, 그대의 지혜에서 오는 것처럼 들렸다. 그래서 세상에 대한, 인생에 대한 교훈이라고 우리는 여겼다. 그리하여 그 시 속에 노래되고 있는 연인의 비통함이라든가, 여왕들의 눈물이 고요하고도 위대한 것으로 되는 것이었다. 그들은 시를 읽는 그대의 안온한 목소리

에 의해서 사랑으로 휩싸여 조용히 숨을 거두는 것
이었다……

"즈느비에브, 사람이 사랑 때문에 죽는다는 게 정
말인가?"

그대는 시 읽기를 마치고 진지한 생각에 잠겼지.
그대는 그 대답을 고사리와 귀뚜라미와 벌들에게서
찾았던 것 같았다. 그리고 '그렇다' 라고 대답을 했
었다. 벌들이 사랑하면서 죽기 때문이지. 그런 대답
은 필요한 것이며 좋은 것이었다.

"즈느비에브, 애인이란 뭐지?"

우리는 그대가 얼굴을 붉히는 것을 보고 싶어했다.
그런데 그대는 얼굴을 붉히지 않았다. 거북한 표정
을 했지만, 달빛에 흔들리는 연못에 시선을 던질 뿐
이었다. 그래서 우리는 그대에게는 저 달빛이 애인
일 거라고 생각했다.

"즈느비에브, 애인이 있어?"

이번에야말로 그대가 얼굴을 붉히리라고 믿었다.
그러나 천만의 말씀이었다. 그대는 오히려 태연히
미소를 지었지. 그러고는 그대는 고개를 저었다.

그대에게 있어서 인생은 간단한 것이었다고 생각
된다. 그대의 왕국은 한 계절이 되면 꽃이 피어나고,
또 가을이 되면 과일을 가져다주고, 또 한 계절이
되면 사랑을 가져다주는 것이므로.

"즈느비에브, 우리가 어른이 된 먼 훗날 무엇을 하게 될지 아는지?"

우리는 그대를 어리둥절하게 하고 싶어 그대를 연약한 여자라고 불렀다.

"약한 여자여, 우리는 정복자가 되겠다."

우리는 그대에게 인생에 대해 설명해 주었다. 정복자는 영광에 파묻혀 돌아와서는 그들이 좋아했던 여자를 정부(情婦)로 삼는 것이라고 말이지.

"그 때 가서 우리는 네 애인이 될 거야. 즈느비에브, 어서 시를 읽어줘……."

하지만 그대는 더 이상 시를 읽어주지 않았다. 그대는 시집을 옆으로 밀어놓았다. 그대는 갑자기 자신의 생명에 대해 확실하게 느꼈던 것이다. 마치 어린 나무가 햇빛을 받아 자라고 씨앗이 여무는 것을 나무가 깨닫듯이 말이다. 우리는 우화 속의 정복자들일 뿐이었다.

그러나 그대는 그대의 고사리와 벌들과 산양들과 별들에 의지하고, 그대의 개구리들 울음소리에 귀를 기울이고 있었다. 이러한 것들을 통해 그대는 그 모든 생명에서 운명에 대한 확신과 자신감을 갖고 있었다. 그대의 외부로는 저녁의 평화 속에서, 그대의 내부에서는 그대의 발끝에서 머리끝까지 용솟음쳐 오르는 모든 생명력에서 말이다.

달이 하늘 한가운데 이르고, 잠을 자야 할 시간이 되었다. 그대는 창문을 닫았다. 달빛은 유리창 너머에서 빛나고 있었다. 우리는 그대에게 이렇게 말했다. 그대는 진열장 문을 닫듯이 하늘을 닫아서 달과 한 줌의 별들을 그 속에 가둬 뒀다고 했다. 왜 그랬느냐 하면 우리는 모든 상징과 함정을 모두 동원해 우리가 불안이라고 일컫던 바다 그 깊은 하늘로 그대를 데리고 가려 했기 때문이다. 베르니스의 편지는 이어진다.

……나는 다시 샘을 발견했네. 내 여행의 피로를 푸는 데는 그 샘이 필요했지. 그 샘이 내게 나타났던 거야. 다른 샘물들은…… 사랑을 하고 난 뒤에는 멀리 다른 별들로 던져 버리고 싶은 여자들이 있다고 우리가 말하던 그런 여자들이지. 그런 여자들은 마음 속의 건조한 물체 같아서 그냥 스쳐지나갈 뿐이야. 그러나 즈느비에브는 안 그래……. 자네도 기억하고 있겠지만, 그녀 속에는 사람이 살고 있다고 우리는 말하곤 한 적이 있네. 나는 사람들이 사물의

의미를 재발견하듯이 그녀를 다시 발견했다네. 마침
내 나는 그녀와 어깨를 나란히 하고서 그녀의 내부
세계를 들여다볼 수 있게 되었다네…….

그녀가 그에게 온 것은 모든
방면에서였다. 그녀는 천만 가지
의 이혼을 시킨 뒤에, 천만 번의
결혼에 중매를 섰던 것이다.

그녀는 그 마로니에 나무를, 그
거리를, 그 분수를 그에게 돌려
준 것이나 다름없었다. 모든 것
이 그의 영혼이라는 중심을 위해
서 되찾아진 것이었다. 이를테면 그 공원이 미국에
서 온 관광객들에게 보이기라도 할 것처럼 빗질도
면도도 하지 않고, 말끔히 치워져 있지 않고, 그보다
는 거기에 있는 오솔길과 낙엽과 애인들이 거닐다가
떨어뜨린 손수건 따위를 만날 수 있는 곳이었다. 그
렇게 보면 그 공원은 하나의 함정이 되었던 것이다.

2

즈느비에브 그녀는 베르니스에게 자기의 남편 에를랭 이야기를 해 본 적이 한 번도 없었다. 그런데 오늘 저녁에는 이렇게 말을 건네주었다.

"별로 내키지 않는 만찬회예요. 자크, 손님들이 많이 와요. 당신도 우리와 함께 해요. 그래야만 제가 덜 외로울 거예요."

에를랭은 과장된 몸짓을 많이 한다. 자신만만해하는 그 태도는 둘만이 대하고 있을 때는 보이지 않는 건 무슨 이유 때문일까? 즈느비에브는 불안한 표정으로 남편을 쳐다본다. 이 사람은 자기의 성격을 꾸며서 사람들을 상대하는 것이다. 그것은 자만심 때문이 아니었다. 오히려 자신감을 가져보려는 데서 나온 것이었다.

"당신의 관찰은 아주 정확합니다."

즈느비에브는 역겨워서 고개를 돌려 버린다. 그 당당한 몸짓이며, 그 말투, 그 잘난 체하는 자신감이라니!

"어이! 여송연을!"

일찍이 그녀는 남편의 활동적이고 자신감에 도취해 있는 모습을 본 적이 없었다. 자신의 능력에 도

취해 있는 것 같았다. 그래서 식당에서나 연단 위에
서나 그는 자기 마음대로 행동을 한다. 한 마디 말
이 어떤 사람의 생각을 뒤집어 놓는다. 말 한 마디
가 보이와 웨이터를 건드려 그들을 움직인다.

즈느비에브는 웃음이 나와서 입이 일그러진다. 무
슨 이유 때문에 이런 정치적인 만찬회를 연 것일까?
무엇 때문에 6개월 전부터 정치 같은 것에 들떠 있
는 것일까? 에를랭은 자기가 강한 존재라는 것을 믿
기 위해서 머릿속에는 힘있는 사상이 있고, 몸에는
박력이 넘친다고 느끼기만 하면 되었다.

그러면 자기 자신에 대해 기가 막히게 감격해 자
기 초상화 앞에서 한 걸음 물러나 자기 자신을 우러

러보는 것이다.

즈느비에브는 그들이 제멋대로 놀게 내버려두고 베르니스에게 다가왔다.

"탕자님, 사막 이야기를 들려주세요. 언제쯤 되어야 아주 돌아오게 되나요?"

베르니스는 그녀를 돌아본다.

베르니스는 옛날 이야기 속에서처럼 낯선 이 여인에게서 자기를 보고 미소짓는 열다섯 살 소녀를 발견한다. 어딘가 몸을 숨기려 하지만, 오히려 그 몸짓 때문에 자기가 있는 곳을 가르쳐 주고 마는 그런 소녀 말이다. 즈느비에브, 예전의 그 요술을 나는 기억하고 있다. 두 팔로 그대를 껴안아 그대가 숨막히게 아프도록 꼭 끌어안아 주면, 그대는 다시 그 때의 소녀로 돌아가게 될 것이다······.

남자들은 하얀 셔츠를 입은 앞가슴을 즈느비에브 쪽으로 내밀고 유혹의 자세를 하고 있다. 그건 마치 사상이나 상념으로 여자를 낚을 수 있는 듯이 보인다. 그리고 이런 것 앞에서 여자가 경쟁의 상품이나 되는 것처럼 대하고 있다. 그의 남편까지 그녀에게 그런 친절을 보이고 있다.

오늘 밤에는 아내를 못살게 굴리라. 다른 남자들이 아내에게 관심을 갖고 대하는 것을 보고 남편은 그녀를 발견한 것이다. 그녀가 파티복을 입고 그 빛나는 아름다움을 드러내려고 하는 것이며, 또 남자들의 마음에 들려고 하는 것들은 아무래도 어딘가 창녀 냄새가 나는 것 같고, 그래서 아내의 진가를 새삼 발견하는 것이다.

그녀는 생각하고 있다. 그가 저속한 것을 좋아하는 거라고 말이다. 왜 그녀의 모든 것을 사랑하려고 하지 않는 것일까? 남편은 그녀의 한 부분만을 사랑하고 다른 것들은 아예 어둠 속에  내버려둔다. 음악이나 사치를 좋아하듯 아내를 사랑하고 있다. 그는 아내가 재기가 있고 감성적이라 그런 면을 사랑하기는 하지만, 그녀가 믿는 게 무엇이든, 무엇을 느끼든, 마음 속에 무엇을 간직하고 있든, 그런 것은 도무지 아랑곳하지 않는다.

그는 아이에 대한 그 여자의 애정이라든가, 가장 이해하기 쉬운 그 여자의 근심 걱정 등, 그런 숨겨진 부분들은 아는 체하지도 않는다.

모든 남자가 그 여자 앞에서 맥도 추지 못한다. 그 여자가 성을 내면 따라서 성을 내고, 여자가 상냥하게 나오면 따라서 상냥해진다. 그 여자 마음에 들기 위하여 "부인이 하라는 대로 하겠습니다" 하고 말한다.

이것은 사실이기도 하다. 그러나 남자는 그런 게 아무래도 좋다. 중요한 것은 그 여인과 잠자리를 같이하는 것뿐이다. 하지만 그 여자는 그같은 잠자리 따위는 생각하지 않는다. 그럴 시간이 없는 것이다.

그 여자는 약혼 시절의 처음 며칠 동안의 일이 생각난다. 여자는 웃는다. 그걸 보고 에를랭은 갑자기 이 여자를 사랑하고 있음을 깨닫는다. 이 사실을 잊고 있었던 것인가? 그는 여자에게 말을 걸고, 여자를 길들이고 정복하고 싶어진다.

"아이, 시간이 없어요……."

여자는 그의 앞장을 서서 걸어간다. 노래의 리듬에 맞춰 여자는 막대기로 나무의 잔가지를 신경질적으로 후려치면서 오솔길을 걸어갔다. 젖은 땅이 상큼한 향기를 풍겼다. 나뭇가지들이 얼굴 위로 비오듯 떨어졌다. 여자는 혼자 되뇌었다. '나는 시간이 없다…… 시간이 없어.' 무엇보다 온실로 달려가서 꽃을 살펴야 한다.

"즈느비에브, 당신은 매정한 여자요!"

"그래요. 그야 물론이지요. 그보다는 제 장미를 보세요. 얼마나 묵직한가요! 참 훌륭하잖아요."

"즈느비에브, 키스하게 좀 가만 있어요……."

"그러세요. 어때요. 제 장미꽃이 좋으세요?"

남자들은 언제나 그녀의 장미 꽃들을 좋아한다.

"아니에요. 아니라니까요. 자크, 전 슬프지 않아요."

그녀는 베르니스에게 비스듬히 기대며 말했다.

"전 생각나요……. 저는 아주 이상한 계집애였어요. 제멋대로 저는 하나님을 만들어냈지요. 어린애다운 절망감을 느끼게 되면 어떻게 할 수 없는 일을 가지고 하루 종일 울었어요. 하지만 밤이 되어서 램프의 불을 끈 다음에는 곧 제 자신의 신을 만나러 갔지요. 저는 이런 기도를 했어요. '말씀드린 대로 저는 그런 일을 당한 일이 있습니다. 그런데 망쳐진 제 인생을 바로잡기에 저는 너무도 약합니다. 그렇긴 해도 저는 모든 것을 당신께 바칩니다. 당신은 저보다 훨씬 강한 분이니까요. 어떻게든 당신 뜻대로 해주십시오.' 그렇게 기도하고는 잠이 들고는 했어요."

그러나 세상에는 믿기 어려운 것들 중에 충실한 것도 얼마든지 있다. 여자는 그런 것에 해당하는 책이며, 꽃·친구들에게 여왕으로 군림했다. 그리하여 여자는 그것들과 조약을 맺으려 했다. 그녀는 사람들의 미소를 자아내게 하는 몸짓도, '당신이었군요.

나의 점성술사······.' 하는 따위의 답변도 알고 있었다. 게다가 베르니스가 들어올 때에는 '탕자님, 앉으세요' 하는 따위의 표현도 곧잘 할 줄 알았다.

모든 사람이 그녀가 자신들의 속마음을 알아준다는 기쁨, 또 동일한 비밀 속으로 끌려들어간다는 기쁨에 의해 친밀해졌었다. 그렇게 해서 가장 깨끗한 우정도 죄악처럼 풍부하게 되었다.

"즈느비에브, 여전히 당신은 모든 것 위에 군림하고 있군요."

하고 베르니스가 말했다.

그녀가 응접실에 놓인 가구를 조금 이동시키고, 탁자와 안락의자를 조금 당겨 놓으면, 베르니스는 거기 세상에서 마침내 자신의 진정한 자리를 발견하고는 놀라는 것이었다. 하루의 긴 시간이 지나고 난 뒤에는 우정의 이름으로 그 모든 것들이 얼마나 소리없이 설레었던가. 흐느적거리는 음악과 시든 꽃들 따위······.

즈느비에브는 소리없이 자기 왕국의 평화를 되찾아 놓는다. 그러한 그녀의 모습을 보고 있으면, 일찍이 그녀를 사랑하여 포로를 만들었던 그 소녀가 세월이 한참 흘렀다고는 해도 아직 그녀 속에 안주해 있으며, 아주 잘 보호되고 있음을 느끼고 있었던 것이다······.

그런데 어느 날, 이 모든 것이 뒤집혀지고 말았던 것이다.

3

"자게 그냥 두세요……."

"이럴 수 있어? 일어나. 아이가 숨이 넘어가잖아."

잠에서 화들짝 깨어나 그녀는 아이의 침대로 달려갔다. 어린아이는 자고 있었다. 열에 들뜬 아이는 얼굴이 벌겋고 숨을 가쁘게 몰아쉬고 있었지만, 온화했다. 잠이 깨지 않은 즈느비에브는 예인선의 가쁜 숨소리를 생각했다.

'얼마나 힘들까!'

벌써 사흘째나 계속되니! 생각할 힘도 없어진 여자는 아이 위로 몸을 구부리고 있다.

"왜 당신은 애가 숨이 넘어간다고 했어요? 뭣 때문에 저를 놀라게 해요?"

여자의 가슴은 아직도 몹시 두근거리고 있다. 에를 랭이 대답했다.

"난 그런 줄만 알았지."

여자는 남편이 거짓말을 하고 있다는 걸 알고 있었다. 무슨 고민이 있게 되면 남편은 그걸 혼자 새기지 못하고 아내가 나누어 괴로워해 주기를 바랐다. 자신이 고통을 당하고 있는데 남이 평온해 하고 있으면 견딜 수 없어 했다.

하지만 여자는 사흘 밤을 꼬박 뜬눈으로 세웠던 탓에 잠시나마 휴식이 필요했다. 즈느비에브는 지금 무엇 하나 제대로 분간할 수 없이 머릿속이 멍했다.

즈느비에브는 남편의 이런 말들 정도는 용서해 왔다. 그까짓 말이란 게…… 썩 중요할 게 없는 것이다. 수면 시간을 따진다는 건 우스운 일인 것이다!

"당신은 철이 없어요."

이렇게 말한 다음에는 남편의 기분을 좀 풀어 주기 위해 '당신은 꼭 어린애 같은 데가 있어요' 하고 덧붙여 주었다.

그러고는 그녀는 갑자기 간호사에게 몇 시냐고 물었다.

"2시 20분입니다."

"그래요?"

즈느비에브는 '2시 20분'을 몇 번이고 입속에 되뇌었다. 무슨 급한 일로 서둘러야 하는 것처럼. 하지만 그럴 일이란 아무것도 없었다. 여행을 할 때처럼 그저 기다리는 것 말고는 아무것도 없었다. 여자는 침대를 매만지고, 약병들을 가지런히 놓고, 창문을 만지고 했다. 이렇게 해서 여자는 눈에 보이지 않는 신비한 창조를 만들어 내고 있었다.

"좀 주무셔야 할 텐데……."

하고 간호사가 말했다.

그리고 침묵이 흘렀다. 그러다가 다시 눈에 보이지 않는 풍경이 마치 달음질쳐 가는 여행과 같은 압박감이 엄습했다.

"잘 자라고 있었는데. 그렇게도 귀여웠던 이 아이가……."

에를랭이 한탄을 했다. 그는 즈느비에브한테서 위로의 말을 듣고 싶었다. 불행한 아버지로서의 자기의 역할을……

"가만히 있지만 말고 뭘 좀 하세요!"

즈느비에브가 부드럽게 타일렀다.

"당신은 사업 일로 약속이 있잖아요. 거기에나 가 보세요."

여자는 남편의 어깨를 떠밀었다. 그러나 남편은 자기의 괴로움을 되씹고 있었다.

"어떻게 그럴 수 있겠소. 이런 판국에……."

'이런 판국? 이럴수록 더 일을 해야지요' 하고 즈느비에브는 속으로 혼잣말을 했다. 여자는 이상하게도 질서의 필요성을 더욱 느꼈다. 제자리에 놓여 있지 않은 저 꽃병, 가구 위에 아무렇게나 벗어놓은 에를랭의 저 외투, 받침대 위의 저 먼지, 그것은……그런 것은 모두 적이 다가와 남긴 발자국 같았다. 그것은 눈에 보이지 않는 붕괴의 징조였다. 여자는 이 붕괴와 맞서 싸웠다. 골동품들의 금빛 광택과 잘 맞춰 정돈된 가구들은 희망적인 현실을 말해 주는 것이다. 건강하고 깨끗하고 빛나는 것들은 눈에 보이지 않는 죽음으로부터 보호해 주는 것같이 즈느비에브에게는 생각되었다.

"애가 튼튼하니까 괜찮을 겁니다."

의사는 이렇게 말했다. 물론 그렇다. 아이는 잘 때에도 꽉 움켜쥔 두 주먹으로 생명을 잔뜩 움켜쥐고 있었으니까. 아이는 참으로 건강하고 튼튼하였다

"부인, 밖에 나가 산책이라도 좀 하셔야겠어요"

하고 간호사가 말했다.

"부인이 다녀오시면, 저도 나갔다 오겠습니다. 그렇지 않으면 우리가 먼저 쓰러질 거예요."

간호사가 덧붙였다.

그런 두 여자를 기진맥진하게 하는 이 아이의 모

습은 어딘가 이상했다. 아
이는 두 눈을 꼭 감고는
가쁜 숨을 몰아쉬며, 두
여인을 세상 끝까지 끌고
가는 것이었다.

즈느비에브는 남편을 피
하기 위해 밖으로 나갔다.
그는 걸핏하면 아내에게
연설을 늘어놓았다.

'아이의 아버지로서의 나
의 의무는……'라고 말하
는가 하면, '당신의 자존심
이……'라느니 하면서 늘

어놓았던 것이다.

여자는 졸리웠던 탓에 그 구절구절을 하나도 알아
듣지 못했다. 간간히 들리는 말 중에서 '자존심'이라
는 낱말이 그녀를 놀라게 했다. 자존심이라니? 그런
말이 왜 이런 데서 나온단 말인가.

의사는 이 여자를 보며 놀라워했다. 울지도 않고
쓸데없는 말 한 마디도 하지 않고 눈치 빠른 간호사
처럼 자기를 도와주었던 것이다. 그는 생명에 봉사
하는 이 자상한 여자에게 말할 수 없이 감탄했다.
그런데 의사가 왕진을 올 때가 가장 소중한 시간이

었다.

의사가 그녀를 위로해 주어서 그런 건 아니었다. 의사는 아무 말도 없었다. 다만 의사의 머릿속에 이 아이의 몸이 정확하게 자리잡고 있었기 때문이다. 아픈 곳을 정확하게 알아내고 있었던 것이다. 말하자면 위험한 곳, 눈에 보이지 않는 것, 건강하지 못한 모든 것을 지적해 주었기 때문이었다. 죽음이라는 눈에 보이지 않는 것과의 싸움에서 의사의 그런 모습은 얼마나 크나큰 힘이었던가!

엊그제 밤의 수술 때만 해도 에를랭은 응접실에서 울상이 되어 있었다. 그러나 여자는 수술실에 남아 있었다. 흰 수술복을 입은 외과 의사는 한낮의 권력자처럼 들어왔다. 의사와 조수와 함께 재빠른 전투를 시작했다. 그의 입에서는 요점과 명령만이 나왔다. '클로로포름', '꽉 죄시오.' 그리고 '요오드팅크' 따위의 말들이 감정을 잃은 채 새어나왔다.

그러자 여자는 매우 힘있는 작전의 계시를 받았다. 그것은 마치 별안간 베르니스가 비행기 안에서 느끼는 것과도 같았다. 틀림없이 승리할 것이라는 계시를 말이다.

"당신은 어떻게 그 끔찍한 걸 보고 있을 수 있었소? 당신은 대체 냉혹한 어머니란 말이오?"

하고 에를랭이 말했다.

어느 날 아침, 여자는 까무라쳐서 의자에서 미끄러져 내렸다. 여자가 깨어났을 때, 의사는 용기나 희망에 대해서나, 어떤 동정의 말도 어떤 말도 하지 않았다. 단지 의사는 여자를 정중하게 바라보면서 말했다.

"부인은 과로하고 계십니다. 그러시면 안 됩니다. 명령입니다만, 오늘 오후에는 외출을 하십시오. 극장 같은 덴 가지 마십시오. 머리가 무거운 사람들은 잘 이해를 못 할 테니까요. 하지만 무엇이든 극장에 가는 것과 비슷한 것을 하십시오."

그러면서 의사는 생각했다.

'부인의 고통이야말로 이 세상에서 내가 본 것 중에서 가장 진실한 것이구나.'

여자는 거리로 나와 가로수 길의 신선함에 놀랐다. 여자는 거닐면서 어린 시절을 회상함으로써 크나큰 휴식을 맛보았다. 수목과 들판, 그리고 모두가 단순한 것뿐이었다.

오랜 세월이 흐른 뒤 이 아이가 태어났다. 그것은

이해할 수도 없는 일이었고, 또 지극히 단순한 일이 기도 했다. 그러나 그것은 다른 어떤 것보다 더 확실하고 더 명백한 현실이었다. 여자는 건성으로 살아 있는 물건들을 다루고 있는 곁에서 아이를 보살폈다.

그녀는 아이가 태어나자 정확하게 표현할 알맞은 말이 없었다. 여자가 느낀 것은…… 그렇다. 그것은 자신이 새삼 현명해졌다는 것이다. 자기 자신에게 확신을 얻은 그녀는 모든 것에 자신이 관련되고 또 모든 것에 협력을 한다는 것을 느꼈다.

그 날 저녁 그녀는 창가로 자기를 옮겨 달라고 했다. 밖에서는 나무들이 살아서 자라고 있었고, 땅에서는 봄기운을 끌어올리고 있었다. 그녀도 나무들과 같았다.

그녀의 곁에서는 아이가 가느다란 숨을 내쉬고 있었다. 그 가느다란 숨소리는 세상에 활기를 불어넣어 주는 것이었다.

그랬던 것인데 사흘 전부터 이 무슨 혼란인가! 창문을 열거나 닫는 하찮은 일도 중대한 결과를 야기시켰다. 이제 더 이상 무엇을 해야 할지 모르게 되다니! 약병과 시트와 아이를 매만지면서 그렇게 하는 행위가 미지의 세계에 미칠 결과가 어떠한 것이지 전혀 알 수 없었다.

그녀는 골동품 가게 앞을 지나갔다. 즈느비에브는 집의 응접실에 놓인 골동품들이 태양을 끌어들이기 위한 함정들인 것처럼 생각되었다. 빛을 머물게 하는 것은 여자의 마음에 들었고, 표면에 밝게 드러나는 것은 모두 그녀의 마음에 들었다.

여자는 이 수정 그릇 속의 조용한 미소를, 해묵은 좋은 포도주를 대할 때에 떠오르던 조용한 미소를 맛보기 위해 걸음을 멈추었다. 여자는 피로한 의식 속에서 빛과 건강과 삶에 대한 확신 따위에 마음을 모으고 있었다. 그리하여 죽어가는 아이의 방에다 이 황금빛 연못처럼 붙박혀 있는 반사광을 갖다 놓아주고 싶었다.

에를랭이 다시 공격을 하기 시작했다.

"당신은 그래, 바람이나 쐬러 다니고, 골동품 가게나 기웃거릴 마음이 생겼단 말이지! 나는 당신을 절대로 용서 못 하오. 이건……"

그는 적당한 말을 찾아 애를 먹었다.

"이건 말도 안 되는 거요. 그런 걸 생각할 수도 없는 일이오. 어머니로서 도무지 용납될 수 없는 짓이오."

그는 기계적으로 담배 한 대를 꺼내들고, 다른 한 손으로는 붉은 담배 케이스를 흔들어 댔다. 즈느비에브는 '자신의 체면' 어쩌고 하는 말도 들었다. 그리고 이런 생각도 했다. '저이가 담배에 불을 붙일 셈인가?'

"그래." 에를랭은 토해 내듯 느릿한 어투로 말했다. 이 말은 맨 나중에 하려고 남겨둔 말인데 해 버렸다.

"그래, 어미가 놀러 다니는 동안 아이는 피를 토하고!"

즈느비에브는 하얗게 얼굴이 질렸다.

여자는 말문이 막혀 방문을 나가려고 했다. 그러나 남편이 문을 가로막고 섰다.

"나가지 마!"

그는 짐승처럼 거칠게 숨을 몰아쉬었다. 그는 혼자 고민하고 있던 고통의 대가를 받아낼 모양이었다.

"당신이 절 괴롭히면 나중에 가서 후회하시게 될 거예요."

즈느비에브는 그렇게 남편에게 말했다.

그러나 바람이 잔뜩 든 풍선처럼 되어, 일이 생기면 무능하기 짝이 없는 남편에게 이 말은 흥분을 결정적으로 자극하는 일이 되었다. 그는 고래고래 소리를 질렀다.

그녀는 경박하기 그지없고 사치스러운 데다가, 남편의 노력에 대해 늘 무관심했다는 소리였다. 아내에게 모든 정력을 바쳐왔는데도 남편인 자신은 속아만 왔다는 것이다. 하지만 그건 아무것도 아니라고 했다. 자기 혼자 그 때문에 괴로워했다는 것이다. 인

생이란 언제나 외로운 것이라고 했다.

기가 막혀 즈느비에브는 돌아섰다. 그러자 그는 그녀를 돌려세우고 몰아대었다.

"여자들의 죄는 벌을 받아야 해!"

여자가 다시 몸을 돌리려고 하자, 이번에는 위압적이었다.

"어린 게 죽어 가고 있어. 이게 당신에 대한 천벌이야."

그의 분노는 살인을 한 뒤처럼 금방 가라앉았다. 이런 말을 뱉고는 그런 자신에게 놀란 모양이었다.

하얗게 질린 즈느비에브가 문이 있는 데로 걸음을 옮겼다. 그는 자기의 정당성을 드러내려고 한 것뿐이데, 결과적으로 아내가 자기에 대해 받은 인상이 어떤 것쯤이라는 건 가히 짐작할 수 있었다. 그래서 그런 자기의 고약한 인상을 지워 없애려고 억지로라도 아내의 마음에 드는 태도를 보이고 싶어했다. 갑자기 풀이 죽은 목소리로 말했다.

"미안해…… 내가 미쳤나 봐. 이리 와요."

문의 손잡이를 반쯤 잡고서 그에게로 여자는 몸을 돌렸다. 그가 조금이라도 몸을 움직이면 여자는 당장이라도 도망칠 들짐승의 눈처럼 보였다. 그녀는 움직이지 않았다.

"이리 와요. ……할 말이 있어. 이건 어려운 일이
야……."

여자는 꼼짝도 하지 않았다. 여자는 무엇을 무서워
하는 것일까? 그는 아내가 쓸데없는 겁을 먹고 있는
걸 보자 슬며시 화가 치밀었다. 그는 자기가 미쳤고,
흥분했으며, 가혹했으며, 오직 아내만이 진실하다는
것을 말해 주고 싶었다.

그러자면 아내가 먼저 자기 옆에 와서 자기를 믿
는다는 증거를 보여 주고 마음 터놓고 이야기를 해
주어야 한다는 것이었다. 그러면 자기는 아내 앞에
서 무릎을 꿇는 것이다. 그러면 여자는 이해할 것이
다……. 그런데 여자는 이미 손잡이를 돌리고 있잖
은가.

남편은 손을 뻗어 아내의 손목을 잡아챘다. 여자는
그를 몹시 경멸하는 눈초리로 바라본다. 남편은 고
집을 부린다. 이렇게 된 이상 아내를 자기 손아귀에
넣고 휘둘러야 한다. 그래서 아내에게 자신의 힘을
과시해서 '손을 놔 주지. 하지만 꼼짝 못할 텐데' 하
고 말해 주어야 한다.

그는 아내의 가냘픈 팔을 처음에는 가만히 잡아당
겼지만, 그 다음에는 우악스럽게 잡아당겼다. 그러자
아내는 손을 쳐들어 남편의 뺨을 치려고 했다. 하지

만 그는 다른 손으로 아내의 손을 꼼짝 못 하게 잡았다. 이제 그는 아내를 아프게 다뤘다.

그는 아내에게 아픔을 주고 있다는 것을 깨달았다. 도둑고양이를 처음 붙잡아 길들이며 억지로 쓰다듬어 준다는 게 도리어 고양이를 숨막히게 하는 아이들이 떠올랐다. 아내에게 상냥하게 군다는 게 오히려 아내를 괴롭히고 있다는 생각이 들지 않을 수 없었다. 이제 일은 글러먹게 되었다고 그는 생각했다. 자신 때문이긴 하지만, 몇 초 동안 자기 자신까지도 무섭게 여겨졌다. 그런 자신의 소름끼치는 모습을 아내 즈느비에브의 힘을 빌려 지워 버리고 싶은 간절한 욕망을 느꼈다.

이윽고 그는 이상하게도 무력감과 공허한 기분에 사로잡혀 아내를 잡았던 손을 풀었다. 그러자 아내는 더이상 무서울 것도 없는 존재라는 듯해 보였다. 아내가 뒤로 천천히 물러나는 모습을 보자, 별안간 무언가가 남편의 무서운 손이 닿지 않는 곳으로 멀어져 가는 것처럼 보였기 때문이었다. 남편은 이미 아내의 안중에 없었다. 아내는 서두르지 않고 천천히 머리를 매만지더니, 몸을 꼿꼿이 세우고 나갔다.

그 날 저녁 베르니스가 찾아왔다. 그때 여인은 그에게 아무 말도 하지 않았다. 이런 일은 남에게 말하지 않는 것이니까. 그렇게 생각한 여인은 그에게 어린 시절 함께 지냈던 추억과 머나먼 외지에서 보낸 그의 생활을 이야기해 달라고 말했다. 그렇게 했던 것은 여자가 위로받아야 할 자신의 지난날의 소녀를 그에게 맡겼기 때문이었다. 남자들이란 상상의 그림을 가지고 소녀들을 위로해 주는 것이기 때문이었다.

즈느비에브는 베르니스의 어깨에다 이마를 갖다대었다. 베르니스는 즈느비에브가 자기의 어깨에서 여자의 도피처를 발견한 것이라고 생각했다. 아마 여자도 그렇게 생각했을지도 모른다.

아마 그들은 이런 것은 잘 모르고 있었을 것이다. 사람이 애무에 휩싸여 있을 때에는 자기에 대한 의식은 조금밖에 하지 못한다는 것을 말이다.

5

"즈느비에브, 이런 시간에 당신이 내 집엘 오다니…… 얼굴이 몹시 창백하군요."

즈느비에브는 아무 말이 없었다. 괘종시계의 똑딱거리는 소리가 귀찮게 들려왔다. 램브 불빛이 어느

새 새벽 여명과 섞이고 있었다. 이 새벽빛은 열에 들뜨게 하는 음울한 몰약(沒藥)과도 같다. 어스름이 드리우는 창문을 보니 구역질이 난다. 즈느비에브는 참느라고 애를 쓴다.

"램프 불빛이 보이길래 왔어요…… 막상 할 말이 생각나지 않아요."

"그렇군요. 즈느비에브, 난, 나는…… 책들을 뒤적이고 있던 참이오."

제대로 제본이 되지 않은 책들이 노랑·하양·빨강의 얼룩을 지어놓은 것처럼 보인다. 즈느비에브는 그런 모습이 꽃잎 같다고 생각한다. 베르니스는 기다린다. 즈느비에브는 미동도 하지 않고 있다.

"즈느비에브, 나는 이 안락의자에 앉아서 몽상에 잠겨 있었어요. 이 책, 저 책을 펼쳤다 하다 보니 죄다 읽은 기분이 들더군요."

베르니스는 내심 흥분을 감추려고 그런 노인 같은 소리를 했다. 그러고는 침착한 목소리로 물었다.

"즈느비에브, 내게 무슨 할 말이 있는 것 같군요."

그렇게 말했지만, 마음 속으로는 이렇게 생각한다. '이건 사랑의 기적인 거야' 라고.

즈느비에브는 한 가지 상념과 싸우고 있었다. '이 사람은 아무것도 모르는구나' 하면서 여자는 놀란 표정으로 그를 쳐다본다. 그러고는 소리 높여 덧붙여 말한다.

"그냥 왔어요⋯⋯."

그리고 그녀는 손으로 이마를 짚는다.

창문이 환해지며 방 안에 수족관 속 같은 광선이 퍼진다.

'램프가 빛을 잃고 있구나' 하고 즈느비에브는 생각한다.

그런 다음 갑자기 말한다.

"자크, 자크, 날 데려가 줘요!"

베르니스는 하얀 얼굴이 되어 그녀를 두 팔로 끌어안고 흔든다.

즈느비에브는 두 눈을 감는다.

"날 데려가 줘요⋯⋯."

이 남자의 어깨에 기대고 있으니 즈느비에브는 흘러가는 시간이 조금도 괴롭지 않다. 모든 것을 포기한다는 것은 일종의 기쁨이기도 하다. 자기 자신을 버리면 물 흘러가듯 흘러가고 마는 것이므로. 마치 자기 자신의 인생이 흘러가는 것과도 같이⋯⋯ 그렇게 흘러가는 것과도 같이 말이다. 그녀는 소리 높이 공상한다. '나를 괴롭히지 말고.'

　베르니스는 그녀의 얼굴을 애무한다. 그녀는 뭔가를 회상한다. '5년, 5년 동안이나…… 어떻게 그럴 수가 있을까!'

　또 생각한다.

　'나는 그에게 그토록 많은 것을 바쳤는데.'

　"자크…… 자크, 내 아들이 죽었어요…….'

　아시겠어요, 자크? 나는 집에서 도망쳐 나왔어요. 나는 평화가 너무도 필요해요. 나는 아직도 모르겠어요. 전 아직 괴로운 줄을 모르겠어요. 전 인정이 없는 여자일까요? 다른 사람들이 울면서 절 위로하려고 해요. 그토록 친절한 그분들에게 감격했어요. 하지만 전 지금 아무것도 생각이 나지 않아요. 아시겠어요?

당신한테라면 뭐든지 털어놓을 수 있어요. 죽음이란 게 주사니, 붕대니, 전보니 하는 무질서의 뒤범벅 가운데서 찾아오더군요. 며칠 밤을 한숨도 못 자고 난 뒤여서 꿈을 꾸고 있는 것 같았어요. 의사가 진찰하는 동안 나는 텅 빈 머리를 벽에 기대고 있었어요……

그런 상황인데 남편과의 말다툼은 이 무슨 악몽일까요…… 오, 조금 전에도! 남편이 내 손목을 잡았을 때, 내 손목을 비트는 줄 알았어요. 이게 모두 주사 한 대 때문이었어요. 하지만 전 알아요. 아직 때가 되지 않았다는 것을. 그런 일이 있고 그는 나에게 용서를 빌었어요. 하지만 그런 건 중요하지 않아요. 전 말했지요. '네…… 네…… 아이를 보러 절 가만 놔두세요.' 그런데 그는 문을 가로막았지요. '용서해 줘…… 난 용서받아야 해.' 그이는 제멋대로였어요. 그래서 난 '제발 비켜 주세요. 용서해 드린다니까요.' 그랬더니 그이가 뭐랬는지 아세요. '말로는 용서한다고 하지만 마음으로는 용서를 안 하고 있는 거야' 하는 거예요. 이런 식이었으니 난 그만 미치고 말았습니다.

그런 일이 있고 난 뒤라서 난 별로 절망 같은 건 느끼지 않았어요. 오히려 평화스럽고 차분한 기분이었지요. 난 생각했어요……. 아이는 자고 있는 것뿐

이라고. 날이 새자 어딘가 미지의 먼 곳으로 떠나는
것이라는 생각도 들었어요. 난 '다 왔다'라는 생각도
했지요. 주사기와 약을 들여다보면서 '다 왔으니……
이런 건 더이상 아무런 의미도 없게 됐다.'고 혼자
중얼거렸거던요. 그러고는 의식을 잃었어요.

별안간 그녀는 흠칫 놀란다.

"내가 여길 오다니. 내가 미쳤군."

문득 그녀는 새벽빛이 이 큰 재앙을 환하게 드러
내 놓으리라는 걸 깨닫는다. 헝클어진 홑이불은 차
갑게 널브러져 있고, 수건들은 가구 위에 아무렇게
나 던져져 있고 넘어진 의자며, 이렇게 여기저기 물
건들의 흉칙한 참변을 서둘러 정돈해 놓아야 하는
것이다. 하지만 이렇게 생활을 둘러싸고 있는 물건
들을 본래대로 해놓는다는 건 그녀에게 헛된 노력이
었다.

6

사람들이 조문(弔問)을 왔다. 사람들이 대화를
해도 쓸데없는 몸짓은 삼갔다. 사람들은 그

불행한 일을 되씹지 않는 배려를 해줌으로써 그녀 스스로를 달랠 수 있을 것이라고 생각했던 것이다. 그러나 그것은 매우 생각이 모자라는 침묵이었다.

그녀는 의지가 꿋꿋했다. 사람들은 '죽음'이라는 말을 간접적인 표현으로 썼지만, 그녀는 오히려 거침없이 입에 담았다. 그녀는 죽음에 대해 자신이 어떤 반응을 보이는가를 사람들이 엿보는 게 못마땅했다. 그래서 오히려 그녀는 사람들이 자기를 똑바로 쳐다보지 못하도록 두 눈을 바짝 뜨고 마주 바라보았다. 그러나 그녀가 눈을 내리깔기라도 하면…….

그런데 또 다른 문상객들 중에는 차분하고 조용한 발걸음으로 응접실까지 걸어왔는데, 내실에 다가올 때는 총총걸음으로 달려와서는 여자의 가슴에 쓰러지는 것이었다. 말 한 마디도 없었다. 여자 또한 그들에게 한 마디 말도 건네지 않는다. 그들은 여인의 가슴을 숨막히게 한다. 조문객들은 얼굴이 일그러진 한 소녀를 그들 가슴에 꼭 안는다.

이번엔 남편이 집을 팔자고 말한다. 그의 말은 이랬다.

"슬픈 추억은 우리를 괴롭히는 거요."

그러나 이건 거짓말이다. 고통은 어떻게 보면 도리어 친구가 될 수도 있는 것이다. 그런데도 남편은

소란을 떤다. 남편은 야단스러운 것을 좋아한다.

그는 오늘 저녁에 브뤼셀로 떠나기로 되어 있다. 아내는 나중에 뒤따라가기로 했다.

"아다시피 집 안이 어수선해 좀 챙겨놓고 뒤따라 갈게요……."

여인의 모든 과거가 무너지고 있다. 이 응접실만 해도 오랜 정성을 들여 꾸며 놓은 것이다. 여기에 있는 가구들은 사람이 가구점에서 갖다 놓은 게 아니라, 시간이 거기에 내려놓은 것이나 마찬가지다. 이 가구들은 응접실을 꾸며 놓은 게 아니라, 그녀의 생활을 꾸며 놓은 것이었다.

그런데 이제 안락의자는 벽난로에서 멀찌감치 떨어지고, 받침대 또한 벽에서 멀어져 있게 되었다. 이렇게 되고 보니 이 모든 것들이 헐벗은 모습을 하고서 과거 밖으로 내팽개쳐지는 느낌을 준다.

"그런데 당신 또 떠나실 테지요?"

그녀의 몸짓이 절망적으로 보인다.

모든 약속이 깨지고 있다. 그렇다면 바로 아이가 세계와의 유대를 갖게 했다는 것이고, 그 아이의 주위에서 비로소 이 세계는 질서를 유지하고 있었다는 셈이 되는 것이다. 아들의 죽음이 즈느비에브에게는 패배와 절망을 안겨주었다는 말인가? 그녀는 될 대

로 되라는 식으로 중얼거렸다

"난 괴로워요……."

그러자 베르니스가 그녀에게 부드럽게 속삭인다.

"내가 당신을 데려가겠소. 내가 당신을 납치해 가는 거요. 당신 기억하지? 내가 언젠가는 돌아온다고 말했던 것을. 내가 당신에게 말하기를……."

○월 ○일 쥐비 곶에서

친애하는 베르니스, 오늘은 우편기가 있는 날이네. 시스네로스를 향해 출발하였네. 이 비행기는 잠시 후 이 곳에 들러 자네에게 보내는 이 몇 줄의 책망 섞인 편지를 싣고 떠날 걸세. 나는 자네가 보낸 편지와 그리고 잡혀온 우리의 여왕에 대해 많은 생각을 했다네.

어제 나는 해변을 산책했지. 문득 우리도 해변과 다를 바 없는 존재가 아닐까 하는 생각을 했다네. 나나 자네나 과연 우리가 이 세상에 존재하고 있는 건지 그것마저 잘 모르겠네.

자네도 이 곳에 있었을 때에 보았을 걸세. 어느 날, 해질녘의 그 비극적 시간에 역시 비극적으로 밀려드는 밀물 때에, 스페인의 초소 전체가 찬란하게 빛나는 해변 속으로 가라앉는 것을 본 적이 있을 걸세. 그런데 신비로운 그 푸른 광선이 스페인 초소와 똑같은 물질로 되어 있는 것은 아니었던 거네. 바로 그 푸른 신기루 같은 반사 광선이 바로 자네의 왕국인 걸세. 그 왕국이란 현실적인 것도 아니고, 그렇다고 확실한 것도 아니었지……. 그러니 즈느비에브를 그녀 마음대로 살도록 내버려두게.

물론 즈느비에브의 오늘의 그 어지러운 현실을 나도 짐작은 하네. 하지만 사람에게 있어서 비극은 그렇게 자주 있는 것은 아닐세. 청산해 버려야 할 우정이라든가, 애정이라든가, 사랑이라는 것은 아주 드물게 있는 거지. 자네가 그녀의 남편 에를랭에 대해서 이러니저러니 말을 했지만, 남자의 성격은 그리 대수로울 것도 없지. 인생이란 좀더 다른 그 무엇에 의해 지탱이 되는 거라고 생각하네…….

그 풍습, 그 습관, 그 법률 따위 말일세. 자네가 탈출해 나온 그것들이 모두 인생의 테두리를 이루고 있는 거지. 생존하려면 자기 주위에 영속하는 현실이 있어야 하는 것일세. 하지만 이치에 맞지 않는다든가, 불공평하다든가 하는 것은 말에 불과한 것일 뿐이야. 자네를 따라온 즈느비에브는 그녀 자신을 잃어버림으로써 괴로워할 걸세.

그런데 즈느비에브는 자기 자신이 무엇을 필요로 하고 있는지 알고 있는지? 그녀는 재물에 젖어 있던 습관을 미처 깨닫지 못하고 있을 수 있지. 돈, 이것이 있어야 행복을 정복하고, 외부에서 다가오는 불안을 정복할 수 있는 거라네.

그런데 어떤가. 그녀의 생활은 내적인 것이지. 하지만 현실을 이끌어가고 사물들을 영속적으로 지탱해 주는 것은 바로 그 재산이라는 것이 아니겠는가. 눈에 보이지 않는 땅 속의 시냇물이 그 곳에 세워진 한 집안의 벽, 추억을, 말하자면 그 집의 영혼을 한 세기 동안이나 먹여 살리는 것일세.

그런데 자네는 그녀의 생활을 텅 비게 만들 셈인가. 비록 사람의 눈에는 띄지 않지만, 한 집을 이루고 있는 물건들을 빼냄으로써 그 집을 텅 비게 하듯

이 말일세.

하기야 나도 상상 못 할 바는 아니네. 자네에게 있어서 사랑한다는 것은 다시 태어나는 것이라고 생각하고 있다는 것을 나도 잘 알고 있는 것이지. 자네는 새로운 즈느비에브를 데리고 오는 것이라고 믿고 있을 테지만.

자네에게 있어서 사랑이란 이런 게 아닐까. 자네가 그녀에게서 본 것은 꺼지지 않는 램프 불빛 같은 두 눈빛, 그렇게 타오르는 불빛과 같은 것이며, 꺼지지 않게 유지할 수 있는 거라고 말일세. 또 어떤 순간에는 하찮은 몇 마디 말이라는 것도 엄청난 위력을 보이기도 하지. 하기야 그 몇 마디 말이라는 게 사랑을 키우는 데 필요한 것도 사실이지……

그러나 살아간다는 것은, 그건 그리 쉬운 일이 아니라는 걸 알아야 하네.

7

즈느비에브는 이 커튼과 이 안락의자를 만져 보는 것이 어쩐지 서먹서먹하다. 슬며시 만져

남방 우편기

본 것에 불과한데, 마치 새로 발견한 경계표를 만지는 듯한 서먹한 심정이었다.

사실 이렇게 쓰다듬는 게 오히려 즐거운 일이었다. 지금까지는 이러한 집 안 세간이 극장에와 같이 자기가 원할 때에 나타났다 없어졌다 하는 장치를 움직이는 것처럼 아주 경쾌한 것이었다.

그녀는 취미가 확실했다. 그렇기에 이 페르시아 산 카펫이 정확히 무엇을 뜻하는 것이며, 이 화가의 그림이 무엇을 의미하는 것인지, 이것들에 대해 자신에게 물어본 일은 없었다. 이런 것들이 지금까지 집 안을 늘 아늑하게 해 주고 있었기 때문이었다. 그러나 지금에 와서 이런 것들이 눈에 띄어 그녀의 마음을 스산하게 하고 있는 것이다.

즈느비에브는 생각한다.

'이런 건 신경 쓸 거 없어. 난 아직 내 인생을 제대로 산 게 아니야. 이방인처럼 겉돌았던 거야.'

즈느비에브는 안락의자에 몸을 파묻고 두 눈을 감았다. 급행 열차를 타고 있을 때, 순간 순간이 스쳐가며 집과 숲과 마을이 뒤로 휙휙 던져져 버리는 것 같다. 하지만 눈을 뜨고 침대에서 바라보면 언제나 보이는 것은 놋쇠로 만든 둥근 고리 하나밖에 없다. 사람은 자신도 모르는 사이에 변모하는 것이다.

'1주일이 지나 눈을 뜨고 보면 나는 전혀 다른 여

자로 변해 있을 것이다. 그가 나를 데려갈 테니까.'

"우리 집을 어떻게 생각해요?"

왜 벌써 여자를 깨우려 하는 것일까? 여자는 두리 번거리며 주위를 둘러본다. 요즘 그녀는 자기가 느끼는 것을 표현하기가 어렵다. 이 곳의 장식은 영속성이 없으니까. 그야 뿌리를 내리지 못했으니까.

"이리 가까이 오세요. 자크, 거기 있었군요."

총각의 살림 속에서 소파 위의 벽지가 풍기는 흐릿한 빛깔, 벽에 걸린 모로코의 천들, 이 모든 것들은 5분이면 걸었다 뗐다 할 수 있는 것들이다.

"왜 벽을 가리는 거예요? 자크? 왜 손으로 벽을 만져 보지도 못하게 하는 거죠?"

여자는 손바닥으로 돌을 쓰다듬고, 그렇듯 집 안에서 가장 확실하고 가장 영속성이 있는 것을 어루만지기를 좋아한다. 마치 한 척의 배가 자기를 오래오래 태워다 줄 수 있는 것처럼……

그는 자기의 재산인 기념품들을 꺼내 보인다. 여자

는 그게 무엇인지 안다. 여자는 예전에 휴가로 파리에서 돌아온 식민지 주둔 장교들을 알고 있었다. 그들은 파리에서 유령과도 같은 생활을 했는데, 마을에 돌아와 그들이 큰길에서 서로 마주치자 아직 자신들이 살아 있다는 데에 크게 놀라곤 했었다.

그들의 집에 가보면 사이공이나 마라케시의 집들을 연상할 수 있었다. 그들은 여기서 여자 이야기며, 동료들 이야기며, 승진에 대한 이야기들을 늘어놓곤 했다. 하지만 식민지에서는 살아 있었을지 모르는 벽의 커튼은 여기서는 죽은 물건이나 마찬가지였다.

여자는 손가락으로 얄팍한 청동 제품을 만져 보았다.

"나의 이 골동품이 마음에 들지 않소?"

"미안해요. 자크…… 이건 좀……."

여자는 '볼품없어요'라고 차마 말할 수 없었다. 그녀는 복제품이 아닌 진품의 세잔의 그림밖에는 알지 못했고, 모조품이 아닌 진품 가구밖에 알지 못했으며 또 그런 가짜를 애호하지도 않은 데서 오는 그녀의 고고한 취미로 보면 자크의 골동품은 어쩔 수 없이 그녀의 안중에 들 수 없었다.

그녀는 너그러운 마음으로 모든 것을 희생할 각오가 되어 있었다. 그의 곁이라면 잿빛 감옥이라 해도 살아갈 듯싶었지만, 정작 여기서는 자신의 위신이 손상되는 느낌이 들었다. 부잣집 딸로서의 우아한 품위의 문제가 아니라, 좀 이상하긴 하지만 자기의 정직함이 모독당하고 있는 것 같았다. 자크는 여자가 불편해하는 것을 이해하지는 못했지만 눈치는 챘다.

"즈느비에브, 나는 당신을 호화스럽게 해줄 수 없소. 그간 당신이 누렸던 사치스런 생활을 시켜줄 수 없소. 나는……."

"자크, 무슨 말이에요. 그런 생각을 다 하게. 전 이런 생활 개의치 않아요."

그러면서 여자는 그의 가슴으로 파고들었다.

"저는 좋은 카펫보다는 밀랍 칠이 잘 된 마룻바닥이 더 좋아요……. 제가 이걸 모두 손질하겠어요."

그러다가 여자는 말을 뚝 끊었다.

여자는 자기가 원하는 꾸밈없는 그 장식이 오히려더 사치스럽고 또 돈이 더 든다는 것을 깨달았던 것이다. 여자가 어린 시절 놀던 방에 있던 호도나무로만든 반짝이는 그 마룻바닥, 그리고 오랜 세월이 흘러도 유행에 뒤지지 않고 낡지도 않는 그 육중한 탁자 같은 것이 바로 그러했다.

여자는 야릇한 우울감을 느꼈다. 그 우울은 재산이아쉬워서도 아니고, 재산으로 할 수 있는 욕망의 해결 따위에 집착해서도 아니었다. 여자는 없어도 될 것들이 무엇인지 자크 베르니스보다 알지 못했기 때문이었다. 그렇지만 그녀는 새 생활을 꾸려가면서 없어도 될 것들을 실컷 경험하게 되리라는 것을 깨달았다. 그녀에게는 그런 것이 필요 없었다.

여자는 생각한다.

'전에는 사물들이 나보다 더 오래갔었지. 물건들이 나를 영접하고 호위하고 언제가는 그것들이 나를 보호해 주리라는 확신을 가졌었는데. 지금은 그런 물건보다 내가 더 오래가게 되었어.'

여자는 또 이런 생각도 한다.

'내가 시골에 갔을 때에는……'

울창한 종려나무 사이로 보이던 그 집이 떠오른다. 땅 속에 틀어박힌 커다란 돌계단이 기억의 표면을 비집고 나온다.

그 곳 시골에서는…… 그녀는 시골의 겨울을 떠올린다. 겨울은 숲의 마른 나무들을 헐벗게 하고, 집의 외곽선을 있는 그대로 드러나게 한다. 겨울은 이 세상을 이루고 있는 뼈대까지 드러나 보이게 한다.

즈느비에브는 걸으면서 휘파람 소리를 내어 개들을 부른다. 그녀의 발길 아래 낙엽이 밟히며 바스락바스락 소리를 낸다.

그러나 겨울은 이러한 정돈과 대청소를 한 뒤에는 헐벗은 나무의 기둥줄기를 봄이 채운다. 그 다음에

는 가지들로 올라와 새싹을 돋게 하면 물이 나무에 오르고, 그 물이 나무에 스며든 깊이를 느끼게 하는 푸른 나뭇가지들을 우거지게 하리라는 것을 잘 알고 있다.

그 시골에서, 여자의 아들은 완전히 죽지 않았다. 여자가 설익은 마르멜로 열매를 뒤집어 놓으려고 지하 술광에 들어갈 때, 아이가 거기에 숨어 있다 훌쩍 빠져나가는 것 같은 느낌이라 여기고 있는 것이다. 여자는 정말 그런 것처럼 아이에게 말을 건다. '그만 장난치고 이젠 자는 게 어떠냐?'

시골에 있으면 그녀는 죽은 아이의 신호를 감지한다. 그게 두렵지는 않다. 그 신호가 각각 집 안의 침

묵에 침묵을 보탠다. 읽던 책에서 눈을 떼고 숨을
죽인다. 여자는 조금 전 아이에게 던졌던 말을 되새
겨 본다.

왜 사람이 죽으면 사라졌다고 하는가? 이 세상은
변하는 것들만 있지만, 죽은 사람만이 홀로 변함이
없다. 죽은 사람들의 마지막 모습은 너무도 진실되
고 그 무엇으로도 그러한 죽음의 모습을 부인할 수
없는 데도 말이다!

"이제 나는 이 남자를 따라가게 될 것이고, 이 남
자 때문에 괴로워하고 의심하게 될 것이다."

여자는 이미 운명이 정해진 그들에게서만은 사랑
과 의심이라는 인간적인 혼동을 따로 떼어놓았기 때
문이다.

그녀가 눈을 떴다. 베르니스는 명상에 잠겨 있다.
여자는 마음 속에서 중얼거렸다.

'자크, 나를 보호해 줘야 해요. 저는 가난한, 아주
가난한 여자로 새출발을 하는 거예요.'

세상은 한 권의 책이 지닌 현실보다 더 현실적이
지도 또한 덜 현실적이지도 않다. 구경거리가 아무
소용 없는 이 세상이라고 하더라도 그녀는 다카르의
저 집, 부에노스아이레스의 저 군중보다도 더 오래
살아 있을 것이다. 만일 베르니스가 충분한 능력이
없다고 하더라도 말이다.

그러나 베르니스는 그녀에게 기대어 부드러운 목소리로 이야기를 들려준다. 그가 보여주는 이러한 애정의 표현에서 그녀는 자신을 믿으려고 애를 쓴다. 사랑의 이미지를 사랑하려고 애를 쓴다. 요컨대 그는 그녀를 보호해 주는 데 있어서 초라한 것밖에 없다.

그녀는 오늘 밤, 쾌락 속에서 이 연약한 어깨를, 하찮은 피난처를 발견하고 짐승이 죽을 때처럼 거기에다 자기의 얼굴을 파묻게 될 것이다.

"**날** 어디로 데리고 가는 거예요? 왜 이리로 데려오는 거지요?"

"이 호텔이 마음에 들지 않소? 즈느비에브, 다른 데로 갈까?"

"다른 데로 갔으면 좋겠어요."

즈느비에브가 주저하면서 말했다.

자동차의 헤드라이트가 밝지 못했다. 두 사람은 구멍으로 들어가듯 밤의 어둠 속으로 힘들게 잠겨 들

어갔다. 베르니스는 이따금 곁눈질을 했다. 즈느비에
브는 창백해 있었다.

"추워?"

"조금 그래요. 하지만 괜찮아요. 모피를 잊고서 가
지고 나오지 않았어요."

여자에게 활달한 소녀 같은 데가 있었다. 그녀는
미소를 지었다.

비가 내리기 시작했다. 베르니스는 '이런 젠장' 하
고 짜증스러운 생각이 들었다. 그러나 생각을 바꾸
어 '지상 낙원으로 가는 길에는 으레 이런 궂은 일
이 있기 마련이야' 하고 자신을 타일렀다.

더욱이 상스(파리 동남쪽 근교의 작은 도시) 지방에

이르러서는 자동차의 플러그 부품 하나를 갈아 끼워야만 했다. 그는 잊고 회중 전등을 가지고 오지 않았다. 또 한 가지 잊은 것도 있었다. 비를 맞으며 잘 들지 않는 스패너(spanner ; 공구의 일종)로 더듬거렸다.

'기차를 탈걸 그랬어.'

그는 이 생각을 고집스럽게 되풀이했다. 그가 자동차로 가기로 했던 것은 그 편이 자유롭다고 여겨졌기 때문이었다. 그러나 자유스럽다니! 그뿐 아니라, 이번 도피를 시작한 이후 줄곧 서툰 짓만 해 왔다. 게다가 또 잊어버리고 온 게 한두 가지가 아니었다.

"어떻게 돼 가요?"

즈느비에브가 그의 곁에 다가왔다. 여자는 별안간 자신이 포로의 몸이 된 것처럼 느껴진다. 나무들이 보초처럼 서 있고, 도로 수선공의 오두막집이 서 있고……. 아니, 여기서 영영 살아야 하나?

수리가 끝났다. 그는 여자의 손을 잡았다.

"열이 있어 보이네."

그녀는 미소를 지었다.

"네, 좀 피곤해요. 잠 좀 잤으면 좋겠어요."

"그런데도 왜 비를 맞으며 차에서 내려왔소!"

엔진은 여전히 나빴다. 갑자기 멈추기도 하고 그르렁거리기도 했다.

"자크, 갈 수 있을 것 같아요?"

그녀는 열에 들떠 반쯤 졸고 있었다.

"갈 수 있겠어요?"

"가고 말고. 곧 상스에 도착하게 될 거요."

여자는 한숨을 푹 쉬었다. 자동차 문제는 그녀에게 힘겨운 일이었다. 그건 모두 신통찮은 엔진 때문이었다. 나무 하나를 자동차 앞에다 끌어다 놓는 게 여간 무거운 일이 아니었다. 이런 노력을 반복해야 했다.

'이거 안 되겠는데. 또 멈춰야겠는 걸.' 베르니스는 이렇게 생각하자 이제는 차 고장이 겁이 났다. 풍경이 꼼짝 않고 멈춰 있는 게 무서웠다. 그게 어떤 생각을 불러일으키고 있었다. 머리를 쳐들기 시작한 어떤 힘이 두려웠다.

"즈느비에브, 이 고약한 밤을 생각하지 말아요. 곧 맞이할 좋은 일을 생각하오. 저…… 스페인을…… 당신은 스페인을 좋아하지?"

작은 목소리가 멀리서 오는 것처럼 들렸다.

"네, 자크, 전 행복해요. 하지만…… 강도들이 좀

무서워요."

여자가 조용히 웃는 것이 보였다. 여자의 이 말이
베르니스의 가슴을 쓰리게 했다. 이 말은 '스페인 여
행이라니, 그런 건 동화 속에서나 나오는 이야기예
요'라는 의미 같았다. 어딘가 신념이 들어 있지 않는
말 같았다. 신념이 없는 군대 같은 것이었다. 신념이
없는 군대는 정복할 수 없는 것이다.

'즈느비에브, 이 밤, 이 비가 우리들을 무너뜨리는
거라오.'

그는, 이 밤이 불치의 질병 같다는 것을 깨달았다.
이런 질병의 쓴맛을 입 속에서 느꼈다. 그것은 새벽
을 바랄 수 없는 그러한 밤이었다. 그는 자신과 싸
웠다. 자신에게 한 마디 한 마디 끊어서 말했다.

'비만 오지 않는다면 새벽이 그 병을 고쳐줄 텐
데…… 비만 오지 않는다면.'

뭔가 두 사람의 내면에서 병이 들어가고 있었다.
그러나 그는 그것을 알지 못했다. 땅이 썩어 들어가
는 것이고, 밤이 병들어 가는 것이라고 생각했다.

'날이 밝으면 숨을 쉴 수 있을 거야.' 아니면, '봄이
되면 나는 젊어지겠지.' 이렇게 중얼거리는 말들은
사형수와도 같다.

그는 사형수와도 같이 새벽이 오기를 기다렸다.

'즈느비에브, 저기에 있는 우리들의 새 집을 떠올

려 봐요.'

말해 놓고 보니 차라리 하지 말았어야 했을 걸 하
는 생각이 들었다. 즈느비에브에게는 그 집을 떠올
릴 만한 게 아무것도 없었다.

"네, 그래요. 우리 집……."

여자는 이 말의 느낌이 어떠한가를 가늠해 보았다.
열정은 빠져 있고, 그 말의 진정한 맛도 없었다. 여
자는 자신도 알지 못하는 수많은 상념들을 떨쳐 버
렸다. 말이 되어 나오려고도 하지만, 두렵기도 한 수
많은 상념들을 애써 떨쳐 버렸다.

베르니스는 상스의 호텔을 잘 알지 못해 가로등
아래 차를 세우고 안내서를 펴들었다. 거의 다 떨어
져 가는 가스등 불빛에 그림자들이 어른거렸다. 퇴
색한 벽 위에는 '자전거'라고 쓴, 칠이 다 벗겨진 낡
은 간판이 하나 붙어 있었다.

그 간판이란 게 그가 일찍이 본 적이 없는 아주
더럽고 몹시 저속한 것으로 보였다. 마치 비천한 삶
을 상징이라도 하듯했다. 문득 그는 예전의 자기 생
활은 비천한 데가 많았으나, 그 때는 그것을 느끼지
못했을 뿐이라고 생각했다.

"불 좀 빌려 주시지, 형씨."

비쩍 마른 놈팡이 셋이 빈정거리며 그에게 다가왔
다.

"이 미국 사람들이 길을 찾고 있는 모양이군그래."

그러면서 줄곧 즈느비에브를 힐끔거렸다.

"저리 가지 못해?" 하고 베르니스가 소리쳤다.

"네 계집 말이야, 보잘것없군. 29번가의 우리 계집을 좀 가보란 말이야."

즈느비에브는 다소 겁이 나서 그에게 몸을 굽혔다.

"저 사람들, 뭐라고 하는 거예요? ……제발 가자니까요."

"하지만 즈느비에브……."

그는 하고 싶은 말을 참고 삼켰다. 이 여자를 위해 호텔 하나를 찾아야만 했다. 저 술취한 놈팡이들이야 별로 대수로울 것도 없잖은가.

그는 즈느비에브에게 열이 있다는 것과 몸이 지쳐 있다는 것을 뒤늦게 깨닫고, 이 따위 작자들과 마주치지 말게 했어야 한다고 생각했다. 그는 이런 귀찮은 일에 부딪친 자신을 못내 나무랐다.

글로벌 호텔은 문이 닫혀 있었다. 다른 모든 호텔들은 밤이면 흡사 잡화상 같았다. 그는 안쪽에서 발걸음 소리가 날 때까지 문을 두드렸다. 숙직자가 반쯤 문을 열었다.

"객실이 다 찼습니다."

"내 아내가 몸이 좋지 않아요. 그러니 부탁하오."

베르니스는 간청하다시피 말했다. 문은 다시 닫혔

다. 숙직자의 발걸음이 복도 안쪽으로 사라졌다.

뭔가 일이 꼬이고 있었다.

"뭐라고 그래요?"

즈느비에브가 물었다.

"어째서 그 사람은 아무런 대답도 하지 않죠?"

베르니스는 하마터면 여기는 파리의 방돔 광장이 아니며, 작은 호텔은 배가 부르면 손님을 안 받는 모양이라고 말할 뻔했다. 그거야 지극히 당연한 일이었다. 그는 아무 말 없이 앉았다. 그의 얼굴은 땀으로 번들거렸다.

그는 자동차에 시동도 걸지 않은 채 빗물로 번들거리는 아스팔트만 쳐다보았다. 빗방울이 그의 목덜미로 흘러들고 있었다. 땅덩어리가 꼼짝도 하지 않아, 그가 그 땅덩어리를 움직여야 할 거라고 여겨졌다. 날이 새기만 하면…… 하는 바보 같은 생각이 또다시 고개를 쳐들었다. 하지만 이럴수록 사람다운 말을 해야 하는 것이다.

즈느비에브가 때맞춰 그런 말을 했다.

"이런 건 괜찮아요. 자크, 우리들의 행복을 위해 살아야 하니까요."

베르니스는 그녀를 쳐다보았다.

"그렇소. 당신은 이해심이 많구려."

그는 감동했다. 그는 키스를 해주고 싶었다. 그러나 비는 오고, 모든 게 불편하고, 피로가 엄습하고 있으니…… 그렇지만 그는 여자의 손을 잡았다. 여자는 아까보다 더 열이 올라 있었다. 열은 매순간마다 여자의 육체를 파고들고 있는 것이었다. 그는 여러 가지 공상을 함으로써 침착을 되찾았다.

'따끈한 럼주 칵테일을 한 잔 만들어 줘야겠어. 이건 문제없어. 아주 따끈하게 말야. 그리고 담요로 몸을 잘 감싸 줘야지. 우리는 서로 마주 바라보며 이 문제투성이 여행을 웃어넘길 수 있을 거야.'

그는 막연한 행복감에 젖었다. 하지만 당장 겪고 있는 이 현실은 공상과는 너무도 동떨어진 것이 아닌가! 다른 두 호텔은 아예 대답도 없었다. 이럴 때마다 그는 공상을 계속해야 했다. 그리고 그 때마다 공상들은 희미하게나마 현실화되는 능력을 잃었고, 그 명확성조차 잃고 있었다.

즈느비에브는 말이 없었다. 이제 여자는 불평도 하지 않을 뿐만 아니라, 이제는 굳게 입을 다물 것이라는 생각을 그는 했다. 몇 시간이 아니라 며칠 동안 차를 달려도 여자는 입을 열지 않을 것이라는 생각이 들었다. 이제는 더이상 말을 하지 않을 것이다. 그가 여자의 팔을 아프게 비틀어도 아무 소리 하지 않으리라는 생각이 들었다.

'내가 헛소리를 하고 있군. 아니, 꿈을 꾸고 있군.'

"즈느비에브, 당신 어디 아픈 거 아뇨?"

"아뇨, 이젠 괜찮아요. 좀 나았어요."

여자는 여러 방면에서 실망을 한 참이었다. 그리고 많은 것을 단념한 참이었다. 누구를 위해서 그랬단 말인가? 그를 위해, 그가 자기에게 줄 수 없는 것들을 아예 단념한 참이었다.

'좀 나았어요'라고 한 말은 마치 용수철 하나가 부러져 나간 것이나 마찬가지였다. 더욱 온순하게 되는 그녀. 그리하여 그녀는 점점 더 나아질 것이다. 이미 그녀는 행복을 단념했을 테니 말이다. 이런 그녀가 완전히 건강을 회복하게 되면…….

'그래, 내가 무슨 이런 바보 같은 공상을 하고 있나. 아직 꿈을 꾸고 있나.'

〈에스페랑스 호텔과 앙글르테르 호텔. 비즈니스 여행자를 위해서는 특별 할인〉

"즈느비에브, 내 팔에 기대요. 방을 하나 주세요."

베르니스는 즈느비에브를 부축하고 호텔 로비로 들어섰다.

"따끈한 럼주 칵테일 한 잔 빨리 갖다 줘요. 아내

가 몸이 좋지 않아요."

비즈니스 여행자에게 특별 할인이라는 구절이 왜 이렇게도 초라하게 떠오르는 것일까?

"자, 우선 이 안락의자에 앉아요."

왜 빨리 럼주 칵테일은 오지 않는 것일까? 비즈니스 여행자에게는 특별 할인이라?

늙은 하녀가 다가왔다.

"아유, 부인께서는 몹시 떨고 계시군요. 얼굴은 창백하시고. 몸을 따뜻하게 해 드리는 기구를 가져다 드리지요. 14호실입니다. 널찍하고 방이 깨끗하지요. 손님, 숙박계를 써주십시오."

그는 더러운 펜을 들었다. 이름을 쓰려고 하자 자기 두 사람의 성이 각기 다른 것을 깨달았다. 이러고 있으면 종업원들이 즈느비에브를 이상한 눈으로 보게 될 것이다.

"나 때문이야."

이번에는 여자가 도왔다.

"애인이라고 쓰세요. 그게 자연스럽잖아요."

그는 파리의 일을, 스캔들을 생각했다. 그들의 눈

에 당황해 어쩔 줄 몰라하는 친지들의 얼굴이 선명하게 떠올랐다. 곤란한 일이 이제 막 그들 앞에 나타난 것이다. 그러나 두 사람은 이런 생각을 입 밖에 냈다가 서로 딱 들어맞게 되는 게 두려워 입을 다물었다.

그리고 베르니스는 다소 속을 썩였던 차 엔진과 비를 맞은 일, 호텔을 찾느라고 10여 분 배회한 것을 제외하면 크게 어긋난 일이 없다는 것을 깨달았다. 그들이 극복했다고 생각되는 이 곤란했던 일들은 따지고 보면 그들에게서 비롯됐던 것이다.

즈느비에브의 고통도 알고보면 그 자신과의 싸움 때문이었고, 그런 자신의 갈등을 떨쳐 버리려고 애를 썼다는 게 결국은 그녀 자신을 갈기갈기 찢어놓은 셈이었다.

그는 여자의 두 손을 쥐었다. 그러나 한 마디 말도 꺼내지 않은 것은 이럴 때 어떤 말도 소용이 없으리라는 것을 알았기 때문이었다.

여자는 잠들어 있었다. 그는 사랑의 행위는 하지 않았다. 대신 몽상에 잠겼다. 지나간 일들이 되새김처럼 지나갔다. 사랑이라는 램프의 불꽃이 꺼져 가는 듯했다. 서둘러 기름을 보충해서 꺼지지 않게 해야 한다. 또한 인생의 바람 또한 세차게 불고 있었다. 그 불꽃을 바람에 꺼지지 않게 해야 한다.

특히 그는 욕망에서 벗어나고 싶었다. 그리고 그녀가 재물을 탐했으면 좋겠다고 생각했다. 갖고 싶은 욕망에 몸부림치며, 그 물욕 때문에 어린아이처럼 여자가 앙탈을 부렸으면 했다. 여자가 그런 태도로 나오면 가난할지라도 오히려 줄 게 많을 것 같다고 여겨졌다.

그렇지만 아무것도 굶주리고 있지 않은 여자 앞에서 그는 초라하게 무릎을 꿇고 있었다.

9

"아니, 아무것도 아녜요…… 내버려둬 주세요…… 벌써요?"

즈느비에브는 조용히 베르니스의 제의를 거절하며 말했다.

베르니스는 일어서서 서성거리고 있다. 방금 상념 속에서 그는 예인선 선원처럼 몸짓이 무거웠다. 어둠에 있는 사람들을 밝은 빛 가운데로 이끌어내는 사도(使徒)의 몸짓처럼 말이다. 그리고 그 발걸음 하나하나에는 무용수의 발걸음처럼 의미가 깃들인 것이기도 했다.

'오, 내 사랑!'

그는 이리저리 방 안을 서성거렸다. 생각해 보면 우스꽝스러운 일이다.

저 유리창은 새벽빛으로 더러워져 있다. 지난 밤에는 유리창이 짓푸른 색이었다. 램프 불빛을 받아 유리창은 사파이어 보석처럼 진한 빛깔이었다. 지난 밤의 유리창은 멀리 별나라에까지 뚫려 있었다. 그것을 보고 있는 동안 그는 상념에 잠겨들었다. 마치 뱃머리에 우뚝 서 있는 느낌이었다.

곁에 있는 여자가 무릎을 자기 앞으로 바싹 당긴다. 여자는 자신의 몸이 덜 구워져 물렁거리는 빵 같다고 생각한다. 심장이 숨가쁘게 뛰어, 달리는 열차 속에 있는 심정이다.

덜컹거리는 차축의 소리가 기차의 박자에 맞춰 규칙적으로 소음을 내고 있다.

여자의 심장이 그 차축처럼 뛰고 있는 것이다. 차창에다 이마를 대면 밖의 풍경이 삽시간

에 휙휙 스쳐간다. 속도에 삼켜지는 차창 밖의 풍경은 검은 덩어리처럼 되어 마침내 지평선의 품 속으로 빨려들어간다. 거기에는 죽음과도 같은 아득한 평화가 흘러가고 있다.

즈느비에브는 베르니스에게 뭔가 소리치고 싶다. '저를 꼭 잡아 주세요!' 하고 말이다.

사랑하는 사람의 두 팔은 사람의 현재와 과거와 미래를 모두 안아 준다. 사랑하는 사람의 두 팔은 산만해진 그대의 마음을 다시 바로잡아 준다.

"아니 가만 둬 주세요."

그녀는 남자의 부축을 거부하고 혼자 자리에서 일어선다.

10

베르니스는 생각한다.

'이 결정은, 이런 결정은 우리들 스스로가 한 게 아니야. 말 한 마디 나누지도 않고 결말이 난 것이야.'

그에게는 이렇게 돌아오는 게 어쩌면 미리 예정된

각본처럼 여겨졌다. 즈느비에브가 이렇게 아파가지고는 더 이상 여행을 계속할 수 없는 노릇이다. 어떻게든 나중에 또 생각해 볼 일이다.

즈느비에브의 남편 에를랭은 출타 중에 있었다. 그 사이를 이용해 잠깐 집을 비운 것에 불과하다. 그러니 문제될 게 없이 잘 될 것이다.

베르니스는 이렇게 생각하자 모든 게 잘 풀려나갈 것 같았다. 그런 한편, 그런 자신이 이상하게 느껴졌다. 이런다고 해서 완전한 결말이 나는 것도 아니다. 다만 힘들이지 않고도 결말이 다가왔을 뿐이라고 그는 생각했다.

그뿐만이 아니었다. 그는 자신을 의심하기도 했다. 자신이 아무래도 공상에 잠겨 있는 것이라고 여기지 않을 수 없었다. 하기야 그 꿈이라는 게 비현실적인 곳에서 오는 게 아닌가!

오늘 아침, 잠자리에서 일어나자 맨 처음 눈에 띈 낮고 우중충한 천장을 보며 그는 곧장 이런 생각에 잠겨 들었다.

'그녀의 집은 마치 배와 같은 거였어. 그 배는 여러 세대에 걸쳐 이 해안에서 저 해안으로 항해를 했지. 사실 어디를 간다 해도 여행이란 그렇게 간단한 일이 아니지. 그러나 배표를 갖고 있고, 선실이 있고, 가죽 트렁크가 있는 한 사람은 안도감을 갖는

것이지. 배를 타고 있다는 데서 말이다.'

베르니스는 자기가 괴로워하고 있는 것인지 어떤지 분별이 되지 않았다. 그럴 만도 한 게, 지금 자기는 비탈길을 내려가고 있다는 느낌이 들었기 때문이다. 미래가 자기도 알지 못하는 사이에 다가오고 있었던 것이다. 그래서 사람이 자신을 되는 대로 내맡겨 버리면 괴로움을 알지 못한다는 게 맞는 것이다. 시간이 한참 흐른 뒤, 무슨 일이 있고 나서 그 괴로움을 맛보게 되는 것이다.

이렇게 해서 자기들 역할의 후반부를 어렵지 않게 해치울 수 있는 것도, 그들 가슴 속 어딘가에 그에 대해 준비되어 있기 때문이라는 것을 그는 알았다.

그는 여전히 신통치 않은 엔진의 차를 끌고 오면서 이런 생각을 했다. 어떻든 목적지까지는 갈 수 있을 것이다. 그는 언덕길을 내려가고 있었다. 그런데 언제까지나 언덕길을 내려가는 기나긴 그림자가 그의 뒤를 따라붙었다.

즈느비에브는 퐁텐블로(파리와 상스의 중간쯤에 위치한, 파리 남쪽의 소도시) 근처에 이르자 목이 마르다고 했다. 주위의 풍경은 모두 낯이 익은 곳이었다. 그것을 보자 베르니스는 마음이 안정되었다. 거기에서는 주위 환경이 태양을 떠오르게 하는 것 같은 곳이었다.

두 사람은 싸구려 음식점에 들어갔다. 우유를 주문했다. 서두른다고 해결될 일도 아니다. 여자는 조금씩 마셨다. 서두른다고 뭐가 될까? 그들에게 필연적으로 다가올 일들은 당연히 그렇게 귀결되고 마는 것인데.

필연성의 그림자는 언제까지나 붙어다니는 것이다.

여자는 부드럽고 상냥했다. 이런저런 일들에 대해서도 그에게 감사할 줄 알았다. 이제 두 사람의 관계는 어제보다 좀더 자유스러워졌다. 여자가 문 앞에 모이를 쪼아먹고 있는 새를 가리킬 때 미소를 지어 보이기도 했다. 그런 모습을 보자 그녀의 얼굴이 달리 보였다. 언제 어디서 이와 똑같은 얼굴을 보았더라?

그래, 여행객들의 얼굴에서 보았다. 조금만 있으면 그 여행객들과는 멀어져 가고 잊혀진다. 그런 여행객들의 얼굴에서 본 표정을 그는 여자에게서 보았다고 생각한다. 그런 얼굴이란 돌아서면 곧 다른 대상

을 향해 얼마든지 정열의 미소를 뿌릴 수 있는 것이
다.

　그는 다시 눈을 들어 여자를 바라보았다. 고개 숙
인 여자의 옆모습이 보였다. 뭔가 생각에 잠겨 있는
표정이었다. 그런데 이 여자가 얼굴을 약간이라도
다른 곳으로 돌리는 날이면 그 날이 바로 여자를 잃
는 날이라는 생각이 와락 들었다.

　여전히 여자는 그를 사랑하고 있는지도 모른다. 하
지만 연약한 소녀와 다를 바 없는 저 여자에게서 많
은 것을 요구해서는 안 된다. 하기야 이런 말을 입
밖에 내서 할 수도 없다.

　'당신에게 자유를 돌려 주겠소' 하고 말하거나, 그
와 비슷한 이치에도 닿지 않는 말을 할 수 없는 것
이다. 그는 단지 계획하고 있는 것과 장래의 일에
대해서만 이야기했다.

　그런데 여자는 그가 말한 생활 계획 속으로 들어
가려고 하지 않았다. 여자는 단지 감사의 뜻을 표하
며, 그 작은 손을 그의 팔에 얹었다.

　"당신은 저의 전부예요……. 제 사랑의 전부예요"
라고 말했던 것이다. 이 말은 맞는 것이기도 했다.
그러나 그는 이 말에 대한 의미를 나름대로 생각하
고 있었다. '우리들은 연분이 없는 거야' 하고 깨달
았던 것이다.

156　남방 우편기

그녀는 고집스러웠지만 상냥한 데가 있었다. 게다가 엄하고도 비정한 데가 있는 그녀는 그것을 미처 깨닫고 있지 못했다. 그러면서 그녀는 미지의 보물을 지키기 위해 무슨 대가라도 치를 각오를 하고 있었다. 다소곳하고도 상냥한 그녀가 말이다.

그녀는 남편 애를랭과도 연분이 있어 보이는 여자는 아니었다. 그도 그것을 알고 있었다. 그런데 그녀가 다시 옛 생활로 돌아가겠다고 하자 그에게는 괴롭게만 들렸다. 그렇다면 그녀는 무엇을 위해 태어났다는 말인가! 그녀는 옛 생활로 돌아간다는 게 괴롭게 여겨지는 것 같지 않았다.

다시 그들은 길을 떠났다. 베르니스는 다소 왼편으로 몸을 기울이고 있었다. 그는 자신도 괴로워하지 않으리라는 것을 알고 있었다. 그렇긴 하지만 그의 가슴 안에서는 상처 입은 짐승이 흘리는 눈물 같은 것이 있는 게 분명했다.

파리에 돌아왔지만 어떤 시끄러운 문제도 일어나지 않았다. 그들이 저지른 일이란 게 그다지 남의 생활에 큰 영향을 주지 않는 모양이었다.

11

무슨 소용이 있다는 것일까? 파리의 거리는 그의 관심과는 달리 부질없이 북적대고 있었다. 이런 혼잡 속에서 그가 얻을 수 있는 것이라곤 아무것도 없었다.

그는 자기와는 전혀 상관 없는 행인들 사이를 거슬러 천천히 올라갔다. 그는 생각에 잠겼다.

'몸만 파리에 있지, 결국 이 도시에 내가 없는 거

나 마찬가지야.'

오래지 않아 그는 떠나야 했다. 오히려 잘 된 일인지도 모른다. 그는 자기가 하는 일이란 게 상당히 물질적인 분야여서 다시 현실로 돌아가게 되리라는 것을 알고 있었다. 그는 일상 생활에서는 사소한 일도 실제로는 매우 중대성을 갖게 된다는 것과, 정신적인 패배라는 것도 다소 그 의미를 잃고 만다는 것도 알고 있었다. 그러나 비행장에서라면 주고받는 농담 같은 것도 그 맛을 그대로 지니고 있을 것이다. 그건 이상한 일이기도 하지만 분명한 일이기도 하다. 하지만 지금 자기 자신에 대해 그는 아무런 흥미도 느낄 수 없었다.

그는 노트르담 근처를 지나던 참이라 그 성당 안으로 들어갔다. 사람들이 가득 찬 것을 보자 그는 기둥 뒤로 다가섰다. 그는 자신이 왜 이런 곳에 들어왔는지 자문 자답해 보았다. 그랬더니 다소간의 시간적 여유가 자신을 이 곳으로 데리고 왔다고 생각했다. 길을 걷고 있는 동안에

자기의 여유 있는 시간이 그 어떤 곳도 데려가지 못

했던 것이다. 그는 결론을 내렸다.

'저 밖에서는 시간적 여유가 있어도 아무 데에도 인도해 주지 못한다.'

아무래도 자신에 대해 재인식을 할 필요가 있다고 그는 생각했다. 그래서 그는 정신적 규율에라도 자신을 맡기려는 듯이 신앙에다 내맡겼던 것이다. 그는 자신에게 타일렀다.

'나 자신을 표현할 수 있고, 또 나 자신을 무엇에 집중시킬 수 있는 방편을 발견한다면, 그것이 나에게 진실이 될 것이다.'

그러고는 무슨 생각이 들었는지 덧붙였다.

'그렇지만 난 그걸 믿지 않을 것이다.'

그러자 별안간 이번에도 장거리 비행을 하게 될 것이라고, 또 자기 인생이 이렇듯 도망쳐 다니는 데에 온통 허비되는 것이라고 하는 생각이 들었다. 막 이런 생각이 드는 순간에 강단에서 시작된 설교가 마치 자신의 출발을 알리는 신호처럼 그를 불안하게 했다.

"천국은……."

하고 설교자가 입을 열었다.

"천국은……."

신부는 두 손을 설교단의 넓은 가장자리에 얹고 신도들을 향해 몸을 굽혔다. 신도들은 모든 것을 빨아들이기라도 하듯 빽빽하게 들어차 있었다. 그 모든 것이라는 건 그들의 자양분이다. 갖가지 영상이 그의 머리를 스쳐갔다. 신부는 그물에 걸린 고기를 생각하였는지 느닷없이 덧붙였다.

"갈릴리의 어부가……."

신부는 사람들이 오래도록 기억에 남을 말들만을 구사하고 있었다. 그는 신도들에게 육상 선수가 한 걸음 한 걸음 비약을 하듯 무게를 실어가며 점증적으로 설교해 나갔다.

"여러분이 아신다면…… 얼마나 많은 사랑이……."

신부는 잠시 중단하고 숨을 몰아쉬었다. 신부가 감정이 고양되어 있었던 때문이었다. 신부는 비록 우습고 하찮은 말이라도 거기에다 많은 뜻을 부여하고 있었다.

촛불에 비친 신부의 옆얼굴은 밀랍으로 빚어 놓은 듯한 얼굴이었다. 그는 설교대를 짚은 채 얼굴을 쳐들고 몸을 꼿꼿하게 바로잡았다. 신부가 숨을 돌리며 긴장을 좀 풀자, 성당 안은 바다가 출렁이듯 다소 술렁거렸다.

그런 다음 신부는 다음 내용이 떠올랐는지 설교를 계속했다. 이번에 신부는 자신감 있게 또박또박 말했다. 그는 자신의 능력을 믿기라도 하는 듯 경쾌하기 그지없었다. 그의 설교는 마치 외부에서 형성된 힘이 그의 속에 들어와 다시 그의 입을 통해 나가는 것 같았다. 그리하여 신부가 신도들에게 심어주려고 하는 내용과 이미지가 막연하게나마 미리부터 그의 내부에서 떠오르는 것 같았다.

지금 베르니스는 설교의 결론 부분을 듣고 있었다.

"나는 모든 생명의 샘이로다. 나는 그대들에게 생명을 불어넣어 주고 다시 물러나는 조수(潮水)와 같도다. 나는 그대들 속으로 들어가 영원히 남아 있는 사랑이로다.

그대들은 마르시온(그리스 철학자)과 제4복음서를 가지고 내게 대항하려 하도다. 그리하여 내게 복음서 외의 변조된 것을 가지고 내게 말하려 하는도다. 내가 인간의 가련하기 짝없는 논리를 초월해 있는 데도, 그대들의 그런 쓸모없는 논리에서 자유롭게 해주었는데도 여전히 그 가련한 인간의 논리들을 들먹이며 내게다 맞추려고 설치는도다.

죄인들아, 내가 하는 말을 알아들어라. 나는 그대들의 학문에서, 그대들의 공식에서, 그대들의 율법에서, 그대들의 정신적 노예에서, 운명보다 더 가혹한 숙명론에서 자유롭게 해 주노라. 나는 갑옷의 벌어진 틈이요, 감옥의 들창이요, 계산의 그르침이요, 말하자면 나는 생명이로다.

그대들은 별의 움직임을 분석하도다. 오오, 연구실의 탐구 세대들이여, 그렇게 했음에도 그대들은 별의 실체를 모르는도다. 그건 그대들이 펴낸 책들 속에 들어 있는 한 기호에 불과할 뿐 더 이상 쓸모가 없도다. 별들의 운행에 대해서 그대들은 어린아이보다도 모르는도다. 그대들은 인간의 사랑을 지배하는 그 법칙까지도 발견하였도다. 하지만 그 사랑 자체도 그대들이 만들어 놓은 기호에서 빠져나가, 그대들은 사랑에 대해 소녀보다도 모르는도다.

그러니 내게로 오라. 이 사랑의 빛을 나는 그대들에게 돌려주겠노라. 나는 그대들을 노예로 삼지 않고 그대들을 구해 주겠노라.

사과가 떨어지는 것을 처음으로 계산한 법칙을 발견했다 해서 거기에 얽매게 한 그 인간들의 계산에서부터 그대들을 자유롭게 해주겠노라. 나의 집만이 유일한 구원이기에, 내 집을 떠나서 그대들이 어떻게 되고 말겠는가?

뱃머리로 바다가 흘러가듯이 시간의 흐름에 온갖 의미를 부여하는 이 배의 밖에서, 어떻게 그대들이 웃을 수 있겠는가? 바다의 흐름은 소리가 없지만, 그래도 섬은 나타나는 것이도다. 그 바다의 흐름 속에서.

내게로 오라. 그 어떤 인간의 행동도 인간을 인도하지 못 하므로 쓰라림을 맛본 그대들이여……"

그러고는 신부는 두 팔을 벌렸다.

"나는 거두어들이는 자이기 때문이도다. 나는 세상의 짐을 짊어졌도다. 나는 세상 죄를 짊어졌도다. 어린 양을 잃은 짐승과도 같이 그대들의 슬픔과 고통을 짊어졌도다. 그대들 불치의 질병을 내가 짊어졌으므로 그대들은 나음을 입었도다. 그러함에도 내

백성들아, 그대들은 여전히 죄악에 빠져 있고, 죄악이 너무도 깊어 거기에서 빠져나오지 못해 처참하도다. 그대들이 그렇다 해도 나는 그대들의 세상 짐은 내가 짊어졌도다. 그보다 더한 죄의 무거운 사슬도 내가 짊어졌도다. 나는 세상 죄의 짐을 짊어지고 가는 자도다."

신부는 계시를 얻고자 부르짖지는 않았다. 베르니스는 신부가 뭔가 생각을 바꾼 것이라고 생각했다. 그가 '계시'를 선포하지 않고 스스로 자문 자답하는 것을 보았다. 그리고 이어졌다.

"그대들은 장난하는 어린아이와 같도다. 매일의 헛된 노력이 그대들을 지치게 하는가? 그렇다면 내게로 오라. 내가 그대들의 애쓰고 힘쓴 게 보람있게 하리라. 그대들의 노력은 그대들 마음 속에 쌓여가겠지만, 그것은 너희들 인간적인 노력에 불과한 것이도다."

설교가 성당 안을 파고든다. 베르니스에게는 이미 말은 들리지 않고, 그 말 속에 되풀이되고 있는 주제만이 울려온다.

"……그것은 너희들의 인간적인 노력에 불과한 것이도다."

문득 그는 불안해진다.

"지금 사랑에 빠진 연인들이여, 내게로 오라. 그대

들의 메마르고 비정하며 절망적인 사랑을 나는 인간
적인 사랑으로 만들어 주리라. 내게로 오라. 그대들
의 육체적 욕망을, 그 조급함과 쓰디쓴 맛을 인간적
인 것으로 만들어주리라."

베르니스는 자신이 앓고 있는 고민이 더 커지는
것 같았다.

"나는 인간을 초월해 깨닫는 자로다……."

베르니스는 당황한다.

"나만이 홀로 인간을 인간답게 해주는 자로다."

베르니는 성당을 나왔다. 조만간 아크등이 켜질 시
간이었다. 베르니스는 세느 강변을 따라 걸음을 옮
겼다. 황혼이 나무들의 무성한 가지에 비쳐들고 있
었다. 그는 계속 걸었다. 그의 마음은 잔잔했다. 그
것은 하루 만이라도 휴전(休戰)을 한 평안함과 같았
다. 문제를 해결한 데에서 맛보는 평안함이었다.

그렇긴 하지만, 세느 강변을 걷고 있는 그에게 번
져드는 황혼의 빛은 연극 무대의 배경에 쓰이는 빛
같았다. 옛날 제정 러시아의 붕괴와 패전에 비춰든
황혼빛과도 같았고, 보잘것없는 사랑의 결말에 비춰
든 빛이었으며, 내일이면 또 다른 희극에 비쳐드는
너무나도 연극적인 무대 배경으로서의 황혼빛이었다.

질질 인생이 끌려갈 때, 그 때문에 무슨 비극이라

도 일어날지 몰라 불안해지는 그런 무대의 배경인 것이다.

아! 그렇듯 인간적인 불안으로부터 그를 구원해 줄 그 무엇이 필요했다.

그 때, 아크등에 일제히 불이 들어왔다.

12

택시들과 버스들이 달려간다. 그 흐름 속에 파묻혀 자기를 잃어버린다면 기분이 좋을 것 같다. 뭐라 이름 붙일 수 없는 혼잡이 그를 유혹한다.

베르니스여, 그렇지 않은가? 아스팔트 속에 박아놓은 듯한 느린 걸음. 자, 그렇다면 비켜라. 평생에 꼭 한 번 마주칠까 말까 한 부인들이 다가온다. 단한 번뿐인 유일한 기회다. 저쪽 몽마르트르의 불빛은 한층 더 노골적이다. 벌써 거리의 여자들이 집적거리고 있다.

맙소사, 저리로 가자. 저쪽에는 또 다른 여자들이 오고 있다. 스페인 창녀들이 보석 상자들처럼 지나간다. 그 상자 속에 들어 있으면 별 볼일 없이 생긴 여자도 그럴 듯하게 미인이 된다. 복부 위쪽만 해도 50만 프랑어치의 진주를 둘렀을 것이고, 끼고 있는 반지 또한 얼마나 굉장하겠는가. 사치로 뒤범벅한 살덩어리인 것이다. 곤경에 빠진 여자가 절규한다.

"놔요. 당신이 누군지 알아요. 뚱쟁이잖아요. 저리 가요. 내버려둬 달라니까요. 나도 살아야겠어요!"

삼각형으로 깊게 파인 드레스를 벗은 어깨에 걸치고 그 여인이 저만치에서 저녁을 먹고 있다. 베르니스에게는 여인의 뒷목, 어깨, 이따금 경련 같은 게 지나가는 등덜미밖에 보이지 않는다. 저건 나타났다가는 또다시 붙잡을 수 없게 되는 그런 물질적인 것이다. 그 여인이 담배를 피우며 손등으로 턱을 괴고 고개를 숙이고 있었기 때문에 아무것도 없는 평평한 등밖에 보지 못했다.

'벽 같군' 하고 그는 생각했다.

여자 댄서들이 춤을 추기 시작했다. 스텝에는 탄력이 들어 있고, 발레의 혼이 댄서들의 스텝에 영혼처럼 피어나고 있었다.

베르니스는 그녀들의 몸을 균형 있게 잡히게 지탱해 주는 그 리듬이 마음에 들었다. 몹시 위태해 보이는 균형인데도 어느 순간 여자들은 놀라운 재주로 다시 균형을 만들어내는 그 균형 말이다. 여자들은 한 장면이 정지되는 찰나에 그것을 여지없이 흔들어

놓고, 죽음과 안식의 문턱까지 가서 그것을 동작으로 온몸에 표현함으로써 관능의 의미를 불안하게 했다. 그것은 욕망에 대한 표현, 바로 그것이었다.

베르니스의 앞에 있는 저 신비로운 등은 호수의 수면과도 같았다. 그러나 약간의 몸짓이나, 생각이나 전율 같은 게 거기에 파동처럼 스치고 지나가는 것을 볼 수 있었다.

'저 여자의 몸 속에서 움직이는, 저 보이지 않는 저 모든 것들이 내게 필요해.'

베르니스는 그렇게 생각하고 있었다.

여자 댄서들이 마지막으로 수수께끼 같은 동작을 보이고 나서 고개 숙여 인사를 했다. 베르니스는 그녀들 중에서 가장 경쾌한 솜씨의 댄서를 손짓해 불렀다.

"춤을 잘 추는군요."

그는 여자의 육체가 과육(果肉)만큼이나 가벼울 것이라고 생각했다. 그러나 다시 보니 그렇기보다는 풍만하다고 고쳐 생각해야 할 것 같았다. 댄서가 자리에 앉았다. 여자의 시선은 강렬했다. 면도질을 한 목덜미는 어쩐지 황소의 목을 연상케 했다. 그것은 여자의 육체 가운데서 가장 딱딱한 관절처럼 보였다. 여자의 얼굴은 세련되어 보이지 않았다. 그런데도 여자의 몸 전체가 머리끝에서 발끝까지 평화가 흐르고 있었다.

베르니스는 여자의 머리칼이 온통 땀에 젖어 착 달라붙어 있는 것을 보았다. 화장을 한 피부 안쪽에 퍼져 있는 한 줄기 주름살이 보였다. 의상은 어느새 후줄근해져 있었다. 알맹이에서 빠져나오듯, 춤에서 빠져나온 여자는 세련미도 없이 일그러져 보였다.

"무엇을 그렇게 생각하고 있어요?"

여자는 아주 서툰 몸짓을 보였다.

밤의 이 모든 부산한 움직임은 거기에 따른 의미가 있었다. 웨이터와 운전사들과 지배인은 각기 자기의 직업에 열중하고 있었다. 그 직업이란 게 별게 아니었다. 그의 앞에 샴페인 병과 지친 창녀를 밀어 놓는 것이었다.

베르니스는 모든 것을 직업이라는 무대를 통해서 인생을 바라보고 있었다. 거기에는 악덕도 미덕도 없었고, 심지어 불순한 감동도 없었다. 있는 것이라곤 그룹을 짜서 일을 하고 있는 개성 없고 습관적인 노동만이 있을 뿐이었다. 온갖 동작을 한데로 모아서 의미 있는 언어를 이뤄내고 있는 댄서의 춤만 해도 내국인이 아니라 외국인에게만 감동을 주는 것이었다. 이 곳에서는 외국인만이 의미를 찾아낼 수 있는 것이다. 이 곳 사람들과 댄서들은 그런 것에 대해서 잊은 지 오래다.

이처럼 같은 곡을 수천 번씩 되풀이해 연주하는 음악가라면 오히려 그 곡의 의미가 무엇인지 잊게 된다. 조금 전 여자 댄서들이 조명을 받으며 스텝을 밟고 표정을 만들어냈지만, 무슨 생각을 하며 그렇게 했는지 알 수가 없다. 그래서 이 여자는 아픈 다리만 생각하고 있고, 저 여자는 춤을 끝내고 난 뒤 만날 남자와의 밀애만 생각한다.

오, 이 얼마나 가련한 일인가!

벌써 그의 마음 속에는 모든 열정이 식어 있다. 그는 속으로 중얼거렸다.

'넌 내가 원하는 것을 아무것도 줄 수 없겠구나.'

그렇지만 그는 자신의 고독이 너무도 잔인해 보여서 그 여자가 필요했다.

13

그 여자는 입이 무거운 이 남자가 무섭다. 한밤 중에 잠든 남자 곁에서 깨어났을 때 여자는 인적 없는 해변에 홀로 버려진 느낌이었다.

"안아 주세요!"

그래도 여자는 호감의 감정이 일기도 한다. 여자는 남자 곁에 비스듬히 누워 있자니 남자가 숨을 쉴 때마다 오르내리는 가슴이 물결처럼 솟았다 가라앉았다 하는 것을 느꼈다. 그것은 바다를 건널 때에 느끼는 불안과 흡사했다.

여자는 남자의 이 육체 속에 들어 있을 알지 못할 생활이 무엇인지 생각한다. 그리고 이 머리뼈 속에 들어 있는 알 길 없는 그의 꿈은 무엇일까?

그의 피부에 귀를 갖다대 본다. 시동이 걸린 엔진 소리 같은 심장 소리, 집을 부수는 인부의 망치같이 딱딱한 이 심장의 박동 소리가 들려 온다. 심장 소리를 듣고 있자니 여자는 이 남자가 붙잡을 수 없이 황급히 도망치는 것 같은 느낌이 든다.

그의 침묵 또한 어떠한가. 여자가 겨우 한 마디 하면 남자는 그제야 꿈에서 깨어나는 것이다. 여자는 번개가 칠 때 하는 버릇대로 하나, 둘, 셋 하고 세어본다. 그렇게 하면서 자기가 던진 말과 그의 대답 사이에 몇 초가 걸리는가를 세어보는 것이다. 그

는 마치 들판 저편에 있는 것 같다. 그가 두 눈을
꼭 감고 누워 있으면 그녀는 그의 머리를 무거운 돌

덩어리를 들어올리듯 두 손으로
쳐든다. 그 무거움이란 죽은 사람
의 머리 같다.

"여보세요, 당신, 왜 이렇게 쓸
쓸해요……."

도무지 알 수 없는 기이한 여행
의 동반자로 이 여자가 곁에 있
다.

둘은 나란히 누워 아무 말이 없
다. 생명이 냇물처럼 육체를 가로
질러 흐르는 것이 느껴진다. 현기증이 나도록 빨리
흘러간다. 육체는 물 위에 떠 있는 하나의 나뭇잎이
다.

"몇 시지?"

시간을 맞추다니, 참 이상한 여행을 하고 있다.

"오, 내 사랑!"

하고 여자는 물에서 건져낸 듯이 헝클어진 머리칼
을 젖히고 그에게 기어오른다. 여자가 잠자리에서
나오거나, 정사를 끝내고 나올 때에는 언제나 바다
에서 건져낸 것처럼 이마에는 머리칼이 착 달라붙어
있고, 얼굴은 이지러져 있기 마련이다.

"몇 시지?"

또 그걸 물어서 무엇 하려는가? 시간은 시골의 작은 정거장들처럼 그냥 지나가 버린다——0시, 1시, 2시——지나가며 뒤로 물러나 사라진다. 손가락 사이로 새어나가는 시간을 사람들은 붙들지 못한다. 늙는다는 거, 그게 대수로운 건 아니다.

"당신은 백발이 되고, 나는 그 때 얌전하게 당신의 친구가 된 모습이 눈에 선하게 떠올라요⋯⋯."

늙는다는 게 뭐 대수로운 건가. 그렇지만 이 순간을 망쳐 버리고, 이 평온함을 좀더 먼 후일로 미루는 것은, 그건 아무래도 마음을 번거롭게 하는 일이다.

"당신 나라에 대한 이야기를 해주세요."

"그 곳은⋯⋯."

베르니스는 이야기하는 게 불가능하다는 것을 알고 있다. 도시·바다·고국 등은 설명이 불가능한 대상인 것이다. 어떤 때는 알지 못하면서도 막연히 느낀다. 그러나 꼬집어 뭐라고 말할 수 없는 것들이라 짐작은 하지만, 그것을 말로 표현하기는 가능하지 않다.

그는 손으로 이 여자의 옆구리, 몸 가운데서도 가장 무방비한 그 곳을 건드려 본다. 여인, 그것은 살아 있는 육체 중에서 가장 빛나는 알몸이며, 가장

달콤한 빛을 내는 육체다.

그는 이 신비로운 생명을 생각해 본다. 그 육체를 활기에 차게 하고, 그 육체를 태양처럼 뜨겁게 해 주는 생명에 대해 생각해 보는 것이다.

베르니스는 그 육체가 아름답다거나 다정스럽다거나 하는 생각보다는 다만 따뜻하다는 것만을 생각한다. 짐승의 체온처럼 따뜻하다는 것, 살아 있다는 것을 생각한다. 그리고 쉼없이 뛰는 이 여자의 심장은 자기의 것과는 다른 샘, 이 육체에 갇혀 있는 샘이라고 생각한다.

그는 방금 전 몇 초 동안 자기 안에서 나래를 펼쳤던 관능의 쾌락을 생각해 본다. 나래를 펼쳤다가는 죽어가는 미친 새. 그런데 지금은……

지금은 유리창에서 하늘이 떨고 있다. 남자의 욕정으로 여자는 무방비 상태가 되어 있다. 그리고 정사 뒤에 여인은 왕관이 벗겨진 채 거기에 있다.

남자의 가슴 속 풍경은 그렇게도 빨리 장면을 바꾸는 것인가. 욕정도 지나가고, 애정도 지나가고, 정열의 강물도 또한 지나간 것이다! 그는 이제 육체에서 벗어나 순수하고 냉정한 마음으로 바다를 향해 뱃머리에 서 있다.

14

아주 정돈이 잘 된 이 객실은 마치 플랫폼 같다. 파리에서 특급 열차를 기다리느라고 베르니스는 무려 1시간을 쓸쓸히 보낸다. 창유리에다 이마를 대고 흘러가는 군중을 내다본다. 그는 이 강물의 흐름에서 멀리 떨어져 있다는 느낌이 들었다. 저마다 사람들은 계획을 꾸며 그 목적에 따라 서두르고 있는 것이다.

세상의 일들이 그를 빼놓고 얽히고 설켜 돌아간다. 지나가는 저 여인도 열 걸음만 옮겨 놓아도 시간의 밖으로 사라지고 만다. 한때는 이 군중의 흐름이 웃음과 눈물로 풍성하게 해 주는 살아 있는 물질이었는데, 지금은 죽은 사람들의 행렬처럼 보이고 있는 게 아닌가!

제 3 부

1

유럽과 아프리카는 그 날 하루의 폭풍우가 휩쓸고 간 뒤, 지체없이 밤 준비를 시작했다. 그라나다의 폭풍우는 가라앉고, 말라가의 폭풍우는 비로 변하면서 잠잠해졌다. 어떤 지역에서는 아직도 광풍이 머리채를 낚아채듯 나뭇가지를 연신 흔들어 놓고 있었다.

툴루즈, 바로셀로나, 알리칸테는 우편기를 서둘러 떠나 보내고 나서, 부속품들을 치우고, 비행기를 격납고에 들여놓고, 격납고를 닫았다. 우편기가 낮에 오기로 되어 있는 말라가는 조명을 준비해 줄 필요가 없다. 게다가 그 우편기는 착륙하지 않고 비행장 위를 아주 낮게 날아서 탕헤르 방향으로 비행을 계

속할 것이다.

오늘도 아프리카 해안은 보지 못하므로 나침반만 들여다보면서 20미터 저공 비행으로 해협을 지나가야만 한다. 세찬 서풍이 바다를 뒤집어 놓고 있었다. 바람으로 인해 파도가 하얗게 부서지고 있었다. 바람이 불어오는 방향으로 뱃머리를 돌리고, 정박해 있는 배들은 바다 한가운데에 있는 것처럼 몹시 뒤흔들리고 있었다. 배에 박아둔 못이 모두 흔들릴 정도였다.

영국의 동쪽 암초 지대 위로는 저기압이 형성되어 있어서 비가 억수로 쏟아지고 있었고, 서쪽에는 구름이 한층 높이 떠 있었다. 바다 건너 탕헤르에서는 비가 너무 많이 와, 비에 잠긴 그 도시는 마치 연기를 내뿜는 것 같았다. 지평선에는 뭉게구름이 가득했다. 그런데 라라슈 쪽을 보니 하늘이 맑게 개어 있었다.

카사블랑카는 푸른 하늘 아래서 마음껏 숨을 쉬고 있었다. 싸움을 치르고 난 뒤처럼 정박하고 있는 범선이 여기가 항구라는 위치를 드러내고 있었다. 폭풍우가 헤집어 놓은 바다 위에는 이제 길다란 물결이 부챗살 모양으로 펴져 나가고 있을 뿐이었다.

들판은 바다처럼 깊고, 한층 더 짓푸르게 보이고 있었다. 몇몇 비에 젖은 광장들이 반짝이고 있어 시가지를 빛내고 있었다. 발전소의 바라크에서는 전기 기사들이 한가롭게 기다리고 있었다.

아가디르의 비행장 기사들은 비행기가 도착하려면 아직 네 시간을 기다려야 하기 때문에, 시내로 나가서 저녁 식사를 하고 있었다. 포르에티엔과 생루이와 다카르의 기사들은 잠을 잘 수도 있었다.

저녁 8시에 말라가의 무선국에서 다음과 같은 통보가 왔다.

'우편기, 착륙하지 않고 통과함.'

이 통보를 받은 카사블랑카는 조명 장치의 작동 여부를 점검해 보았다. 항공 표지등의 불빛이 밤하늘의 한 귀퉁이를 직사각형으로 붉게 드러내 보이고 있었다. 전등 몇 군데가 켜지지 않는 채 마치 여기저기 이빨이 빠진 것처럼 보였다.

잠시 후, 탐조등을 켜는 두 번째 스위치를 올렸다. 그러자 우윳빛 같은 뿌연 빛이 비행장 한가운데 쏟아져내렸다. 그 모습은 마치 뮤지컬 무대에 조명은 들어왔지만 배우가 등장하지 않은 격이었다.

탐조등 하나를 움직였다. 빛다발이 젖은 나무에 가서 걸리자, 나무는 수정이 빛나듯 반짝했다. 그리고 흰 바라크의 건물이 굉장히 큰 모습을 드러냈다가,

그 건물의 그림자가 한 바퀴 돌고 사라졌다. 탐조등의 빛다발이 방향을 바꿔 아래로 비춰지며 활주로를 비췄다.

"됐어. 스위치를 끄시오."

그는 사무실로 돌아갔다. 방금 받아든 서류를 살펴본 다음, 멍한 기분으로 전화통을 바라보았다. 조금 있으면 라바트(카사블랑카와 탕헤르 사이의 대서양 연안에 위치한 도시. 모로코의 수도)에서 전화가 올 것이다. 모든 것은 준비 완료되어 있다. 기사들은 빈 상자와 빈 휘발유통 위에 걸터앉아 있었다.

도무지 아가디르에서는 무슨 영문인지 알 수 없었다. 그들의 계산에 의하면 우편기는 벌써 카사블랑카를 떠났어야 했다. 사람들은 혹시나 하고 그 비행기를 기다리며 이따금씩 하늘을 쳐다보고는 했다.

　그런 탓에 샛별의 별빛을 비행기 날개의 현등(舷燈)으로 착각하기까지 했다. 못 보던 별이 보이거나, 자리를 잡지 못하고 흘러가는 유성이 눈에 띄기라도 하면 그게 별이라는 생각보다는, 비행기라는 생각이 들어 탐조등의 스위치를 켜려고 했다.

　비행장의 주임은 당황했다. 우편기가 도착하면, 자기도 다음의 착륙지로 우편기를 이륙시켜야 할지 그게 의문이었다. 남쪽에 안개가 잔뜩 끼어 있기라도 할 것 같아 그게 걱정이었다. 아마 눙강(사하라 사막에 있는 강. 이 강은 장마철에만 물이 흐른다)도 그럴 것이고, 쥐비 곶까지도 짙은 안개가 끼어 있을 것 같았다.

　게다가 또 걱정되는 것은 쥐비의 무선국을 호출했어도 아무런 응답이 없다는 점이다. 이런 상황의 어두운 밤에 비행기를 띄워 보낼 수 없었다. 하늘이 이처럼 두꺼운 구름이 솜처럼 잔뜩 덮여 있는데 '프랑스 ↔ 남아메카' 항로의 비행기를 어떻게 띄워 보낸단 말인가. 그런데다가 사하라의 이 초소는 이런 상황을 알릴 길 없어 답답해하고 있는 것이다.

　그러고 있는데 통신이 두절되어 있던 쥐비에서 파선한 배가 긴급 조난 신호를 보내듯 타전해 왔다.

'우편기의 소식을 알려라. 우편기의 소식을 알려라!'

이와 같은 귀찮은 질문을 시스네로에서도 타전해 왔지만 우리는 아무런 대답도 해주지 않고 있었다. 이처럼 서로가 1천 킬로미터나 떨어져 있으면서 우리들은 쓸데없는 비명만 밤하늘을 향해 터뜨리고 있었다.

20시 50분이 되어서야 긴장을 풀 수 있었다. 카사블랑카와 아가디르가 서로 전화 연락을 취할 수 있게 된 것이다. 그리고 우리의 무선 통신도 마침내 통신이 되었다. 카사블랑카에서 통보를 하면, 그 한 마디 한 마디가 다카르까지 중계가 되었다.

'우편기, 22시에 아가디르로 향할 예정임.'
'아가디르에서 쥐비에 알림. 우편기, 오전 0시 반에 아가디르에 도착 예정임. 쥐비에까지 계속 비행하도록 해도 되겠는가?'
'쥐비에서 아가디르에 알림. 짙은 안개임. 날 새기를 기다릴 것.'

'쥐비에서 시스네로, 포르에티엔, 다카르에 알림. 우편기는 아가디르에서 오늘 밤 묵을 예정임.'

조종사 베르니스는 카사블랑카에서 항공 일지에 서명을 하며 램프 불빛에 눈이 부신 듯 깜빡거렸다. 그도 그럴 것이 조금 전까지만 해도 비행 중 그가 눈 한 번 깜빡거려 봐야 보잘것없는 것만 그의 시야에 펼쳐져 있었다. 그래서 때로 베르니스는 육지와 바다가 경계를 이루고 있는 해안의 흰 파도에 감사하지 않을 수 없었다. 그 흰 파도가 자기가 조정하는 비행기를 안내해 주는 것이라고 다행스럽게 여기지 않을 수 없었다.

그런데 지금 그는 이 사무실로 들어와 그의 시선에 들어오는 서류함이며 흰 종이, 그리고 육중한 가구들은 눈부신 것이 아닐 수 없었다. 이 물건들은 자기 실체를 아낌없이 보여주는 풍부한 세계였다. 이것에 비해 사무실의 문 어귀부터는 밤이 비워 놓은 텅 빈 세계인 것이다.

10시간 동안이나 비행하며 바람에 맞은 그의 얼굴은 얻어맞은 것처럼 벌겋게 달아올라 있었다. 머리에서는 물방울이 흘러내렸다. 어쩐지 맨홀에서 올라온 하수도 공사 인부처럼 보였다. 그는 무거운 장화에 가죽옷 차림이었다.

　그는 이마에 머리카락이 착 달라붙어 있었다. 밤하늘에서 내려온 그는 램프 불빛을 보자 고집스럽게 눈을 깜빡거리고 있었다. 그는 질문을 던졌다.

　"그래…… 나더러 이대로 비행을 계속하라는 건가요?"

　비행장 주임은 손에 들고 있는 서류로 내저으며 퉁명스럽게 대답했다.

　"당신은 하라는 대로만 하면 돼요."

　주임은 주임대로 출발을 강요하지 않으리라는 것을 알고 있었다. 조종사는 조종사대로 역시 출발하겠다고 우기리라는 것을 알고 있었다. 그렇기에 두 사람은 각각 자기의 판단에 따라 움직인다고 생각하고 있었다.

"이건 말입니다, 내 눈을 가려 놓은 채, 가솔린 핸들이 달린 장롱에다가 나를 처넣고는 그 장롱을 아가디르로 옮겨 놓으라는 것과 다를 바 없는 겁니다. 이렇게 고약한 날씨에 계속 비행을 하라는 건 말입니다."

주임은 자기 내면적인 생활에 철저했기 때문에 다른 사람의 개인적인 사고 따위에는 관심을 별로 두지 못했다. 이런 생활 태도는 머리가 텅 빈 사람들에게나 있는 것이다. 베르니스는 그런 생각과 함께 방금 던진 자기의 말 중에서 '장롱 속에 처넣는다'는 비유가 적절했다고 생각했다. 불가능한 일이 있기는 하다. 그러나 하여간 자기는 잘 되리라고 생각했다.

비행장 주임이 담배 꽁초를 밖으로 내던지려고 문을 빼꼼히 열었다.

"자, 보이는데……."

"뭐가요?"

"별들이."

조종사는 그 말에 울컥 화가 치솟았다.

"그까짓 별이라니오? 겨우 세 개가 떴을 뿐인데. 당신이 나를 보내려고 하는 곳은 화성이 아니라 아가디르잖소."

"한 시간 정도 지나면 달이 뜰 겁니다."

"달…… 달이라니……?"

달을 들먹인 소리에 그의 기분은 더욱 상했다.

아니, 야간 비행을 하려고 달을 기다리고 있었다는 말인가? 글쎄, 아직도 연습생이란 말인가?

"자, 좋소. 알았으니 여기서 쉬시오."

베르니스는 마음을 가라앉혔다. 그제서야 그는 엊저녁부터 가지고 다니던 샌드위치를 꺼내 천천히 먹기 시작했다. 그는 20분 뒤에는 다시 이륙할 것이다. 비행장 주임은 미소를 짓고 있었다. 그는 곧 비행기의 이륙을 다른 곳으로 알리게 되리라 여기며, 전화통을 가볍게 두드리고 있었다.

모든 준비가 되어 있는 지금, 공허한 무엇이 거기에 있었다. 이따금 시간이 정지하는 일이 생겨나는 것이다. 조종사는 기름투성이의 시커먼 두 손을 무릎 사이에 끼우고 허리를 앞으로 굽힌 채 의자에 부동의 자세로 앉아 있었다. 그의 시선이 벽과 자기 사이의 어느 한 점을 뚫어져라 바라보고 있었다.

비행장 주임은 반쯤 입을 벌린 채 비밀스런 신호

를 기다리기라도 하듯 비스듬히 앉아 있었다. 타이 피스트는 하품을 하고는 손등으로 턱을 괴고 있었다. 졸음이 잔뜩 몰려오는 얼굴이었다. 틀림없이 모래시계는 흐르고 있을 것이다.

그러다가 먼 곳에서 한 줄기 큰 소리가 들려왔다. 그와 동시에 마치 엄지손가락이 버튼을 눌러놓은 것처럼 기계의 모든 장치들이 다시 움직이기 시작했다. 비행장 주임이 손가락 하나를 쳐들었다. 조종사는 빙그레 웃더니 벌떡 일어났다. 그는 가슴에 신선한 새 공기를 가득 들이마셨다.

"그럼, 또 만나세!"

이렇게 이따금 필름이 끊어지는 수가 있다. 이런 때는 움직임이 없는 게 사람을 놀라게 하고, 한 순간 한 순간이 가사(假死) 상태보다 더 중대한 것처럼 생각된다. 그러면서 이윽고 생명의 움직임이 다시 시작된다.

이렇게 해서 그는 비행기에 올라 이륙을 하지만, 이륙한다는 느낌이 없다. 그 대신 파도 소리 같은 비행기 엔진의 폭음이 흔들어 놓는 축축하고도 차디찬 굴 속에 들어가 갇히는 느낌이었다. 그뿐 아니라 하찮은 물건 같은 게 그의 어깨를 짓누르는 느낌도 떨쳐 버릴 수 없었다.

낮이라면 야산의 둥근 산등성이라든가, 물굽이의

선이라든가, 푸른 하늘 따위가 그를 안으로 받아들이는 세계를 이루지만, 밤은 그렇지 않다. 지금 그는 이 모든 것들 밖에 머물러 있는 것이다. 아직 원소들이 뒤죽박죽으로 섞여 있는 혼돈이 이제 막 새로운 세계를 형성해 나가려는 속에 있는 것과 마찬가지이다.

저 아래 유리창처럼 평평한 평야가 보이는가 하면, 마자강과 사피와 모가도르(이들은 모로코의 항구 도시)와 마지막 도시들을 뒤로 남기며 비행기는 날았다. 그러자 마지막으로 농가들이 반짝이며 보였고, 그 반짝임은 육지의 마지막 불빛이었다. 별안간 아무것도 보이지 않았다.

"이제 안개 속으로 들어가는 모양이군."

베르니스는 고도계와 경사 표시기를 주의 깊게 주시하며 구름 속에서 빠져나가려고 하강했다. 그는 몸을 내맡겼다. 전구에서 흘러나오는 불그레한 불빛이 눈을 부시게 해 그것을 꺼 버렸다.

"됐어. 이제야 빠져나왔군. 그런데도 아무것도 안 보이잖아."

소아틀라스 산맥 최초의 봉우리들이 나타났지만 눈에 잘 띄지 않았다. 마치 물 위에 떠다니는 빙산처럼 스치고 지나갔다. 그 봉우리들이 그의 어깨에 나란히 다가와 닿는 느낌이 들었다.

"별로 재미가 없구나."

그는 그렇게 중얼거리며 뒤를 돌아다보았다. 유일한 동승자인 기사가 회중 전등을 무릎에 놓고 책을 읽고 있었다. 숙이고 있는 머리만이 거꾸로 비친 그림자와 함께 좌석 옆으로 비쳐 보였다. 그림자를 드리운 기사의 얼굴이 기이하게 보였다.

"여어!"

하고 그가 소리쳤다. 그러나 비행기 엔진음에 빨려 들어가 기사가 듣지 못했다. 베르니스는 주먹으로 철판을 두드렸다. 그래도 기사는 여전히 책을 읽고 있었다. 책장을 넘길 때의 그의 얼굴은 어딘가 거칠어 보였다.

"여어!"

하고 그는 한 번 더 소리를 질렀다. 손을 뻗으면 닿을 거리인데도 도무지 의사를 통할 수 없었다. 기사와 대화하기를 단념한 베르니스는 다시 앞쪽을 바라보기 위해 몸을 바로잡았다.

'지금쯤 와 있는 지역은 기르 곶 근처여야 해. 그런데 이건 정말 야단났군.'

그는 생각했다.

'바다 쪽으로 너무 벗어 나온 게 아닐까?'

그는 나침반을 보고 나서 진로를 바로잡았다.

그는 고집이 센 말이 제멋대로 달려간 것처럼, 아니면 왼편에서 산들이 그를 밀어내기라도 한 것처럼, 오른쪽 바다 깊숙이 항로를 이탈한 것 같다고 생각했다.

'비가 오는가 보다.'

손을 밖으로 내밀어 보니 세찬 빗방울이 사정 없이 손바닥을 두드린다.

'20분 지나면 다시 해안 쪽으로 되돌아올 수 있다. 그쪽은 평지 지역이니까 위험이 덜할 테지.'

별안간 앞이 환하게 밝아졌다. 하늘은 거짓말처럼 구름들을 말짱하게 거둬내고 별들이 물에 씻기기라도 한 듯 총총 빛나고 있었다. 달…… 달, 이 얼마나 훌륭한 등불인가!

아가디르 비행장의 불빛이 네온 사인처럼 세 번 반짝였다.

'비행장의 등불 따위가 무슨 대수로운가! 나는 달을 가지고 있는데…….'

쥐비 곶의 새 아침 햇살이 어둠의 장막을 거둬냈으나, 그 세상 천지는 내게 공허하기만 했다. 배경도 그림자도 없는 무대 장치 같았다. 저 모래언덕도 이 스페인 요새도, 저 사막도 언제나 변함없이 그 자리에 붙박혀 있다. 아무리 온화한 날씨인 날에도 이 곳은 목장이며 바다를 아름답게 돋구어줄 그윽한 움직임 같은 것은 없었다.

낙타 대상을 이끌고 다니는 유목민들은 모래알 성질의 변화에 민감해 저녁때 황량한 풍경 속에 천막

을 친다. 내가 좀더 돌아다닐 수 있다면 사막의 저 광대 무변함을 맛볼 수 있겠지만, 변함없는 이 풍경은 한 폭의 채색화처럼 감흥을 가로막고 마는 것이었다.

이 곳에서는 적어도 3백 킬로미터 떨어진 곳에나 가야 우물이 하나 있을 뿐, 그 우물이라는 것도 이 우물과 똑같아서 똑같은 모래, 똑같이 펼쳐진 땅의 모습을 하고 있다. 그렇기는 하지만 사물의 짜임새로 보면 그 우물은 전혀 새로운 것이다. 바다 위의 물거품이 순간순간 새로워지는 것처럼, 그런 새로운 모습이었다.

내가 고독을 느꼈다면 두 번째 우물을 만났을 때였을 것이다.

아무런 사건도 없이 하루하루 헐벗은 채 흘러갔다.

천문학자들이 같은 태양의 움직임을 매일 관찰하는 것과 같은 것이었다. 하루라는 것은 대지가 몇 시간이고 태양에게 배를 드러내놓는 것이었다.

여기에 있으면 언어라는 것도 인류가 보증해 주던 의미를 잃고, 그 속에 있는 것이라곤 모래뿐이었다. '애정' 또는 '사랑'이라는 가장 무게 있는 말들이 이곳의 우리들 가슴 속에서는 무게를 잃고 말았다.

아가디르에서 5시에 떠났다고 했으니, 벌써 이 곳에 도착했어야 한다.

"5시에 아가디르를 출발했으면 벌써 착륙했을 텐데."

"그야 그렇지. 하지만 남동풍이 불고 있으니까……."

하늘은 모래 때문에 누런 빛이다. 바람이 일어나면 몇 달 동안 북풍에 생겨난 사막의 형태가 온통 뒤죽박죽되어 버리고 만다. 이런 스산한 날이면 모래언덕들이 옆으로 들이치는 바람을 맞아 긴 머리카락처럼 모래를 흩날리고, 모래알들은 실꾸러미에서 풀려 좀더 멀리 날아가 새 실꾸러미에 감긴다.

모두가 조용히 귀를 기울이고 있다. 그런데 비행기 소리가 아니다. 바다의 소리가 들려오는 것이다.

지금 어딘가에서 우편기 한 대가 비행 중일 것이

다. 그러나 그것은 하늘에 떠 있는 미미한 점 하나에 불과하다. 아가디르와 쥐비 곶 두 지역 사이는, 이 탐험되지 않은 불귀순 지역 위를 통과하는 한 대의 우편 비행기가 도착하지 않는 한 차라리 없는 것이나 마찬가지이다.

머지않아 우리들 있는 하늘에 하나의 신호가 나타날 것이다. 그렇게 되리라는 희망 같은 신호 말이다.

"아가디르에서 5시에 떠났으니……."

비극적인 일을 생각할 때 사람들은 막연한 데서부터 시작한다. 우편기가 고장이 났을 것이고, 길어지는 기다림만 깊어지고, 그 다음은 신경이 날카로워지고, 말다툼이 일어나고, 그러나 마침내 시들해져 버린다. 그래도 비행기가 나타나지 않으면 아무런 의미도 없는 몸짓과 앞뒤 맥락도 없는 토막말로 무료함을 달래게 되는 것이다.

그러다가 누군가 테이블을 쾅 소리나게 치며 소리친다.

'제기럴! 10시야.'

그러면 사람들은 벌떡 일어난다. 동료 조종사 한 사람이 모르타니아 사람들 손아귀에 넘어간 것이다.

무선사가 라스팔마스와 교신을 하고 있다. 발전기의 디젤 엔진이 요란스럽게 씩씩거린다. 교류 발전기의 터빈이 윙윙거린다. 그는 발전기에서 나오는 방전(放電)의 수치를 보기 위해 전류계를 뚫어져라 쳐다보지 않을 수 없다. 방전의 고주파가 무선 통신에 장애를 줄 수 있기 때문이었다.

나는 서서 기다린다. 무선사는 몸을 비스듬히 틀어 왼손으로 키를 움직이고 있다. 그러다가 내게 소리친다.

"뭐라고요?"

나는 아무 대답도 하지 않는다. 20초가 지난다. 그는 또 뭐라고 소리쳐 말하고 있지만 나는 듣지 못하고 그저 "아, 그래?" 하고 대답한다.

내 주변의 모든 것들이 밝아진다. 조금 열린 덧문으로 햇빛이 들어오는 것이다. 디젤 엔진의 크랭크가 불꽃을 터뜨리며 이 햇빛을 휘저어 놓는다.

마침내 무선사는 내 쪽으로 돌아앉아 머리에 쓴 수신기를 벗는다. 모터가 몇 번 캑캑거리다가 멎는다. 비로소 그의 마지막 몇 마디가 들린다. 갑자기 조용해진 게 두려운지 그는 내가 1백 미터 멀리 떨어져 있기라도 하듯 소리쳐 말한다.

"……전혀 모르는 체하는군!"

"누가?"

"저쪽 말입니다."

"그래? 그럼 아가디르하고 교신할 수 있소?"

"교신할 시간이 아닌걸요."

"하여간 시도해 보지."

나는 메모철에다 갈겨 쓴다.

'우편기 미도착. 되돌아갔는가? 이륙 시간을 다시 알려 주시오.'

"이 전문을 송신해 보시오."

"네, 저쪽을 불러보겠습니다."

다시 소음이 시작되었다.

"그래서?"

"……기다리세요."

나는 정신이 산만하다. 내가 지금 꿈을 꾸고 있는 것인가. 그는 '기다리세요'라고 말할 생각이었을 것이다. 그 우편기를 누가 조종하고 있는 것인가? 이렇듯 시간과 공간 밖에 있는 조종사가 자크 베르니스, 자네란 말인가?

무전사가 모터의 엔진을 껐다가 다시 스위치를 켰다. 그는 다시 수신기를 머리에 쓴다. 그는 연필로 책상을 톡톡 치며 시계를 들여다보고는 이내 하품을 한다.

"왜 고장이 났을까요?"

"그걸 내가 어떻게 알겠소."

"그렇군요. 아! ……아무것도 들리지 않습니다. 아

가디르에서는 수신이 안 되는 모양입니다."

"다시 해 보시오."

"다시 해 보지요."

모터 돌아가는 소리가 윙윙댄다.

여전히 아가디르에서 날아오는 응답은 없다. 지금 우리는 아가디르에서 들려올 목소리에 귀를 기울이고 있다. 만일 아가디르가 다른 무선국과 교신을 하고 있다면, 우리도 그 통신에 끼어들 작정이다.

나는 의자에 앉는다. 무료함을 참을 수 없어 수신기를 귀에다 대자 마치 새들이 재잘거리는 새장으로 들어간 것만 같다.

길고 짧은 너무 빠른 통신인 모르스 음을 나는 해독하지 못한다. 하지만 텅 빈 것으로만 여겨졌던 하늘에는 얼마나 많은 눈에 보이지 않는 전파 음향으로 가득 차 있는가.

세 곳의 무전국이 통신을 하고 있었다. 한쪽이 잠잠하면 다른 한쪽이 송신한다.

"이 소리 말입니까? 보르도 무선국의 자동 호출

소리입니다."

날카롭고 성급하고 거리가 먼 루올라아드, 좀더 무겁고 느린 다른 목소리가 들려온다.

"이건?"

"다카르 무선국입니다."

메마른 목소리이다. 목소리는 끊어졌다가 다시 이어지고, 그러기를 반복하곤 한다.

"바로셀로나에서 런던을 부르고 있는데, 런던이 응답을 하지 않는군요."

생 타시즈(남프랑스에 있는 무선 전신의 중심 도시)는 어딘가 아주 먼 곳과 교신을 하고 있다. 사하라 사막의 하늘에서 이 무슨 랑데부인가. 참으로 많은 교신의 만남이 이뤄지고 있다. 유럽 전체가 한 군데 모여서 대화를 하는 것 같다. 그것도 그 수도들이 새소리를 내며 은밀한 이야기를 주고받는 것이다.

갑자기 멀지 않은 데서 웅웅거리는 신호 소리가 들려왔다. 스위치를 돌리니 목소리들이 잠잠해지고 만다.

"아가디르였지요?"

"아가디르였습니다."

무전사는 무슨 까닭인지 시계에서 눈을 떼지 않고 호출신호를 보낸다.

"아가디르에서 들었소?"

"아뇨. 지금 아가디르는 카사블랑카와 교신 중이니까 곧 알게 되겠죠."

우리는 그 교신의 내용을 도청해 듣는다. 연필이 머뭇거리다가 글자 하나를, 둘을, 셋을 뱉어놓는다. 종이 위에 단어가 만들어지는 게 어쩌면 꼭 꽃이 피는 것과 같단 말인가!

'카사블랑카에 알림……'

나쁜 자식! 테네리프(카나리아 군도에서 가장 큰 섬)의 방해 통신 때문에 아가디르의 통신 내용을 알아  들을 수 없다. 그쪽의 목소리가 하도 커서 수화기를 가득 채워놓는다. 그 목소리가 별안간 뚝 그친다.

'……착륙 6시 30분……에 다시 이륙.'

테네리프의 통신이 또다시 우리를 훼방놓는다.

하지만 나는 알고자 하던 내용을 충분히 알았다. 6시 30분에 우편기는 아가디르로 되돌아간 것이다. 심한 안개 때문이었을까? 엔진에 이상이 생겨서일까? 어떻든 이런저런 이유 때문에 다시 출발을 했다는 것인데……. 그렇다면 늦어지는 게 아닌 것이다.
"고맙소!"

3

자크 베르니스, 여기에서 털어놓으려는 이야기는 그대가 어떤 됨됨의 사람인가를 말하고 싶다. 그대가 비행기를 몰고 도착하기 전까지 말이다. 어제부터 무전사들은 그대가 어느 곳에 위치하고 있는가를 정확하게 보고하고 있다.

이 곳에서는 규칙상 그대는 20분간 체류했다 떠나게 된다. 나는 그대에게 통조림 한 통과 포도주 한 병의 마개를 따 주려고 한다.

그대는 우리에게 이런 말을 할 것이다. 사랑과 죽음이라는 그런 따위의 심각한 문제들에 대해서는 그대는 한 마디도 하지 않을 것이다. 그대는 바람의 방향이 어떻다든가, 엔진의 상태가 어떻다든가 하는 이야기만 늘어놓을 게 분명하다. 기사들이 던지는 농담에 웃을 것이고, 더운 공기에 투덜댈 것이고, 그런 것들로 보자면 그대는 우리들과 다를 바 없이 비슷할 것이다.

나는 그대가 어떤 비행을 하고 있는지 말하고 싶다. 베일 속의 진실이 그대에게는 얼마나 잘 보이는가를, 그대의 발걸음은 어떻게 해서 우리의 그것과는 다른가를.

그대와 나는 어린 시절을 함께 지냈다. 지금 내게는 갑작스레 담쟁이덩굴로 뒤덮인, 쓰러져 가는 낡은 담이 불쑥 기억을 뚫고 솟아오른다. 우리들은 겁이 없는 아이들이었다.

"무서워할 것 없어. 문 열어 봐."

담쟁이덩굴로 뒤덮인 쓰러져가는 낡은 담이었다. 햇빛을 받아 마르고, 구멍이 나고, 허물어진 담이기도 했다. 그런 명백한 진실이 스며 있는 담이었다.

도마뱀들은 잎 사이를 지나며 부스럭거리는 소리를 냈고, 우리는 그것을 뱀이라고 불렀다. 그러면서 벌써 우리는 죽음이라는 도피의 상징까지도 좋아하게 됐다. 담 이쪽에 있는 돌들은 하나같이 어미닭이 품은 달걀처럼 둥글고 따스한 것이었다. 땅 한 뼘 한 뼘이, 나무의 잔가지며 풀포기 하나하나가 태양빛에 드러나 있어 감출 비밀이라고는 아무것도 간직하고 있지 않았다.

담 저쪽의 전원의 여름은 풍요함과 성숙함으로 충

만했다. 우리는 종각을 바라보기도 하고, 타작하는 탈곡기 소리도 들었다. 우리가 보는 모든 공간에는 하늘의 푸르름으로 가득했다. 농부들은 들판에서 밀이삭을 베고, 본당 신부는 포도나무에 소독약을 살포하고 있었으며, 친인척들은 응접실에서 브리지 놀이를 즐기고 있었다. 이 땅 구석에서 60평생을 보낸 그들이었다.

그들은 태어나서 죽을 때까지 저 태양과 저 밀밭과 저 집을 지키며 살아온 분들이다. 우리는 이분들을 살아 있는 '집지기들'이라고 이름지었다. 그렇게 한 데는 우리는 과거와 미래라는 이 무서운 대양에 둘러싸인 대단히 위험한, 외로운 섬 위에 우리가 살고 있는 거라고 생각하고 있었기 때문이다.

"열쇠를 돌려봐……."

조그마한 녹색의 문은 마치 낡은 거룻배의 색바랜 녹색빛깔과 같았는데, 그 문은 아이들이 들락날락할 수 없이 금지되어 있었다. 낡은 닻이 오랜 세월 바닷바람에 녹이 슨 것처럼 그 커다란 자물통조차 아이들은 만질 수 없게 금지되어 있었다.

빗물을 받아두는 웅덩이가 있었는데, 뚜껑이 없어

어른들은 우리 어린애들이 거기에 빠져 죽을까 봐 두려워했다. 또 그 초록색 문 뒤에도 웅덩이가 있었다. 그런데 거기에 고여 있는 물은 1천 년이 지나도록 움직이지 않고 고여 있는 물이었기 때문에, 우리들은 흐르지 않는 물에 대해 이야기를 들을 때마다 이 웅덩이 물을 생각하곤 했다. 그 웅덩이에는 초록색의 둥글고 작은 잎사귀들이 덮여 있었다. 우리들이 거기에다 돌을 던지면 마치 초록색 천에다 구멍을 뚫어 놓는 듯했다.

고목의 무성한 나무가 한 그루 있었다. 그 무성함이 어찌나 울창했던지, 태양의 무게를 지고 있는 것 같아 나무 아래 드리우는 그늘은 참으로 시원했다. 축대 아래에 돋아난 연한 잔디는 그늘진 곳이어서 햇빛이 노랗게 말릴 수 없었다. 그렇기에 언제나 그 잔디는 푸른 천과도 같았다.

그리고 우리가 던졌던 조약돌은 별의 운행처럼 날아갔던 것이다. 조약돌이 물 위에서 퐁당거리며 떠서 날아가는 것을 보고 있으면 우리는 도무지 물의 깊이를 알 수 없었다.

"좀 앉자."

우리에게 들려오는 소리는 아무것도 없었다. 우리는 거기서 축축한 습기와 내음과 서늘한 공기를 맛보면서 그것이 우리의 육체를 새롭게 해주는 것이라고 여겼다. 우리는 거기서 이미 세계의 끝을 방황하고 있었다. 벌써 우리는 여행을 한다는 것이 우리들 육체를 바꾸는 일이라는 것을 알고 있었기 때문이다.

"이 곳은 이 세상 만물의 안쪽인 거야."

그 여름에 우리는 자신만만했고, 그렇기 때문에 그것은 그 시골에서 우리를 사로잡고 있었던 우리 얼굴의 안쪽이었다. 그렇기 때문에 우리를 강요하는 바깥 세계에 대해 우리는 싫어했다.

저녁식사 시간, 우리가 집으로 돌아갈 때의 발걸음은 참 당당했다. 그럴 수밖에 없는 게 인도양 바닷속의 진주를 만지고 돌아온 잠수부 같은 은밀한 자부심이 우리들에게 있었던 것이다.

해가 서산에 기울고, 식탁보가 장밋빛으로 물드는 황혼의 시간에 우리는 어른들의 말에 마음이 서글퍼지곤 했다.

"해가 길어지고 있군."

어른들은 이렇게 말했던 것이다.

"해가 길어지고 있군."

우리는 이 낡은 습관, 계절이며 휴가며 관혼상제 따위로 이뤄진 이런 인생이 반복되고 있다고 생각했다. 소란스럽게 여겨지기도 하는 이 반복적인 인생의 모습에 표면상 우리는 공허감을 느끼고 있었다.

그래서 도망간다는 것, 이것은 정말 중요한 일이 아닐 수 없었다. 열 살 무렵, 우리는 지붕 아래의 곳간 대들보 밑으로 피난처를 발견하고 그리로 도망갔다. 그 속에 있는 죽은 참새며, 터진 낡은 트렁크며, 이상야릇한 옷가지들이 있었는데, 그것은 인생의 뒤안길을 다소라도 보여주는 일이기도 했다.

우리는 그 때 어딘가 숨겨져 있을 거라고 믿고 있던 보물, 저 동화책 속에서 묘사한 사파이어나 오팔, 다이아몬드 같은 보물이 그 낡은 다락방 속에 감추어져 있을 거라고 쑥덕거리곤 했다. 그 보물은 어디선가 희미한 빛을 내뿜고 있었다. 그런데 그 보물은

벽 하나하나, 대들보 하나하나가 거기 있어야 할 존재 이유를 던져 주고 있었다. 어쩌면 그 거대한 대들보는 신만이 알 그 무엇에 대항해서 집을 떠받치고 있는 듯했다.

그렇다. 그것은 시간에 대해서 대항하고 있는 것이다. 우리에게 그 시간이란 커다란 적이었다. 사람들은 전통이라는 것에 얽매어 그 시간이라는 것을 통해 스스로를 지키고 있었다. 사람들이 과거에 대해 숭배하기를 주저하지 않았다. 거대한 대들보가 바로 그 산 증거가 아니겠는가.

하지만 우리만은 알고 있었다. 그 집이 바다 위에 내던져진 배와 다를 바 없다는 것을. 우리는 집이라는 배의 그 선창과 배 밑바닥을 이미 들여다보았던 것이다. 그래서 그 배의 어디에서 물이 새고 있는지 알고 있었던 것이다. 그리고 우리들은 새들이 죽으려고 기어들어가는 지붕 아래의 구멍이 어디에 있는지도 알고 있었다. 우리는 집의 기둥의 어딘가에 틈 바구니가 생겨 벌어지고 있는지 하나도 남김없이 깡그리 알고 있었다.

저기 응접실에서는 손님들이 찾아와 잡담을 나누고 있었고, 예쁜 여자들이 그 앞에서 춤을 추고 있었다. 그 모습이 안정되어 보였지만, 그 얼마나 거짓된 광경인가. 사람들은 술잔을 들어 즐겁게 마시고 있었다. 그 곁에는 흰 장갑을 끼고 검은 제복을 입은 하인들이 시중을 들었다. 아, 집이라는 배에 타고 있는 선객들이여! 우리는 지붕에 난 틈바구니 사이로 푸른 밤이 스며드는 것을 바라보고 있었다.

그 별 하나가 그 틈으로 들어와 우리 위에 떨어졌다. 그것은 사람에게 불길한 것을 가져다주는 별이었다. 그래서 우리는 서둘러 그 별을 피해 움직였다. 그것은 결국 죽음을 가져오는 별이었으니까.

우리는 펄쩍 뛰듯이 무서운 생각이 들었다. 꼼짝 않고 있는 것처럼 보이는 저 사물들이 실은 뭔가 일을 하고 있었다. 그리고 대들보는 숨겨진 보물 때문에 틈이 벌어지고 있었다. 어디선가 삐걱거리는 소리가 날 때마다 우리는 나무들을 살펴보았다. 모든 것이 알맹이를 퉁겨내 보내려고 준비를 하고 있는 꼬투리에 불과했다. 이 모든 것이 실제로는 그 속에 다른 것을 가지고 있는 낡은 껍데기에 지나지 않는 것이라 믿는 데 한 치의 의심도 하지 않았다.

하다못해 별 하나, 단단하기 그지없는 다이아몬드 조차도 그럴 것이라고 생각했다. 언젠가 우리는 그 진짜 알맹이를 찾아 북쪽이든 남쪽이든 가려고 했다. 거기에 없다면 우리들 자신 속으로 찾아나서야 할지도 모를 일이었다. 그렇게 우리는 도망하리라.

잠잘 시간이 되어 그 시간을 알려 주는 별 하나가

그 별빛을 가로막고 있던 기왓장을 돌아서 무슨 신호처럼 우리 앞에 선명하게 나타났다. 하는 수 없이

우리는 침실로 내려갔다. 그리하여 우리는 꿈속으로의 머나먼 여행을 떠나는 것이었다.

우리는 잠들면서 우리에게까지 오려고 1천 년 동안이나 우주 공간을 자맥질해 온 별의 더듬이처럼 신비로운 돌이 물 속으로 끊임없이 잠겨 들어가는 세계의 모습을 가슴에 안고, 또 삐걱거리는 집이 침수하는 배처럼 위험한 지경에 이를 이 세계의 모습을, 그리고 사물들의 하나하나가 보물을 감추고 있어서 그 때문에 짓눌려 있는 세계의 모습을 가슴에 안고 잠이 드는 것이었다.

"거기 앉게나. 난 자네가 사고를 당했는 줄 알았네. 자, 한 잔 들게. 나는 사고가 난 줄 알고 자네를 찾으로 나가려던 참이었네. 벌써 비행기가 활주로에 이륙을 준비하고 대기하고 있네. 아잇투사 사람들이

이자르갱 사람들을 습격했다네. 난 자네가 그들의 소요 사태에 휩싸인 줄 알고 염려했지. 마시게. 뭘 먹고 싶나?"

"그냥 떠나겠네."

"아직 5분 남아 있네. 날 좀 보게. 즈느비에브하고 무슨 일이 있었나? 그런데, 왜 웃는 거지?"

"아, 아무 일도 없었어. 조금 전에 조종석에서 느닷없이 옛날 가요 하나가 생각이 났었네. 갑자기 내가 어린아이가 된 기분이 들었지."

"그건 그렇고, 즈느비에브는?"

"난 더 이상 대답할 게 없네. 날 떠나게 해주게."

"자크, 대답 좀 해보게…… 그 여자 만나 봤나?"

"응."

베르니스는 주저했다.

"파리에서 툴루즈로 내려오는 길에 한 번 더 만나 보려고 비행을 우회했네."

그러고 나서 자크 베르니스는 그동안 있었던 이야기를 털어놓았다.

4

그것은 문이었다. 시골의 한 작은 역이라기보다는 하나의 비밀스런 문이었다. 역은 들판을 향하고 있었다. 사람들은 기차에서 내려 인상 좋게 생긴 집표원 앞을 지나 하얀 길과 개울과 들장미가 핀 곳으로 빠져나가고 있었다. 역장은 장미를 손질하고 있었고, 역원은 빈 수레를 미는 시늉을 하고 있었다. 이렇듯 그 세 사람이 무슨 비밀 세계의 문을 지키기라도 하듯 역에 있었다.

집표원은 차표를 톡톡 치면서 물었다.

"댁은 파리에서 툴루즈까지 가기로 되어 있는데, 왜 여기서 내리는 겁니까?"

"다음 기차로 갈아타고 가려고 합니다."

집표원은 그를 아래위로 훑어본다. 그에게 통과를 허용하려다가 잠시 생각에 잠긴다. 이 젊은이에게는 여행에 필요한 용기와 젊음과 사랑이라는 세 가지 덕목이 있는 게 보였다.

"통과하시오."

집표원이 말했다.

이 역은 어딘가 눈가림이 되어 있어 보였다. 가짜 보이와 가짜 악사와 가짜 바텐더로 구성된 비밀 바

(Bar) 같은 느낌이 들었다. 이 역은 급행 열차들이 정차하지 않고 그냥 지나가는 곳이다.

버스 속에서 베르니스는 어느새 자기의 생명이 느슨해지고, 방향을 바꾸고 있는 것을 느끼고 있었다. 마차로 갈아타고 베르니스는 농부와 옆자리를 함께했다.

농부는 서른 살 때부터 온통 주름투성이가 되어서 이제는 아예 늙으려도 늙을 여지가 없어 보였다. 농부는 밭을 가리켰다.

"빨리 자라지요?"

우리들 눈에는 보이지 않지만, 밀밭은 태양을 향해 얼마나 빨리도 달리는가!

농부가 담을 가리키면서,

"저 담은 우리 고조 할아버지께서 쌓으신 겁니다." 하고 말했을 때 베르니스는 한층 더 우리를 멀리 떨어져 있는 것으로, 한층 더 불안정하며, 더욱 불쌍한 사람들로 생각했다.

그는 어느새 영원한 담과 영원한 나무에 이르고 있었다. 목적지에 도착하였음을 그는 알아차렸다.

"이 곳이 바로 그 집입니다. 돌아오실 때까지 기다리고 있을까요?"

베르니스는 거기서 한 시간 정도 지낼 작정인데, 그것은 1백 년이라는 세월을 보내는 셈이 될 것이다.

바로 오늘 저녁, 그를 태운 이 마차와 버스와 특급 열차는 그를 〈오르페우스〉와 〈잠자는 숲 속의 미녀〉의 세계에서 이 세계로 데려다주는 도피 여행을 마련해 줄 것이다. 그는 툴루즈로 가는 열차칸에서, 차창에 핏기 가신 뺨을 갖다대고 앉아 일반 다른 여행객과 하나도 다를 바가 없을 것이다. 그러나 그에게 다른 것이 있다면, 그의 가슴 속 밑바닥에는 다른 사람에게 말할 수 없는 추억인 '달의 빛깔'과 '시간의 빛깔'이 간직될 것이라는 점이다.

이상한 방문이었다. 반가이 맞는 목소리 하나 없고, 놀라는 기색도 없다. 길 쪽에서는 사람이 지나가는 희미한 발자국 소리가 들려온다. 베르니스는 예전에 하던 대로 울타리를 뛰어넘어 안으로 들어갔다. 정원에 난 오솔길에는 잡초가 무성하게 자라 있었다.

변한 게 있다면 오직 이것뿐이구나. 나뭇가지 사이로 집이 희끗 보였다. 앞에 두고 있으면서도 꿈 속에서처럼 뛰어넘지 못할 만큼 멀리 떨어져 있다. 그녀의 집에 다가와 있는데, 이건 신기루란 말인가? 그는 넓은 돌층계를 하나씩 올라갔다.

"이 집에는 허술한 구석이 하나도 없군."

응접실 쪽은 어둠침침했다.
의자 위에는 하얀 모자가 놓
여 있었다. 즈느비에브의 모
자일까? 이 얼마나 사랑스러
운 무질서인가. 저 의자 위
의 모자는 아무렇게나 버려
두는 데서 생겨나는 무질서
가 아니었다. 그건 사람이
살고 있다는 의미로서의 지
적인 무질서인 것이다. 아무렇게나 놓여 있는 것 같
지만, 거기에는 사람의 숨결이 흔적으로 담겨져 있
는 것이다.

의자 하나가 약간 뒤로 밀려나 있었다. 그것은 누
군가가 앉았다가 테이블에 손을 짚고 그 의자에서
일어났던 흔적을 말해 주는 것이다. 베르니스의 눈
에는 그 사람의 동작이 보이는 듯했다.

책 한 권이 펼쳐져 있다. 누가 그 책을 그 자리에
둔 채 나간 것일까? 왜 그랬을까? 어딘가로 나갔을
그 사람의 가슴에는 방금 전에 읽었던 마지막 구절
이 남아 있을지도 모른다.

베르니스는 이 가정의 수많은 잡다한 일, 또 자질
구레한 수많은 염려와 소동 등을 생각해 보자 미소
가 떠올랐다.

사람들이란 종일 똑같은 일을 하고 똑같은 것들을 어질러 놓고, 또 그것을 치우며 집 안을 돌아다니는 것이다. 이런 데서 생겨나는 극적인 사건들이야 그렇게 중요할 것도 없다. 그런 일들은 여행객이나 이방인의 눈에는 웃어 넘기고 말 일들에 불과할 것이다.

베르니스는 생각하고 있다.

'어떻든간에 여기 또한 다른 데와 다를 것 없이 1년 내내 해가 지고 또 하루 하루가 지나갔었어. 다음날이 되면 또다시 하루가 시작되는 것이고, 사람들은 저녁을 향해서 발걸음을 옮기는 것이었지. 그때는 사람들은 아무런 근심도 걱정도 없었어. 덧문들은 닫혀 있겠다, 책은 잘 챙겨져 있겠다, 불마개는 제자리에 놓여 있겠다, 뭐 걱정할 게 없었다. 이렇게 해서 얻어진 휴식이란 영원한 맛이 될 수 있었어. 그런데 나의 밤들은 막간의 휴식보다도 못 했으니……'

그는 소리없이 자리에 앉았다. 모든 것이 너무도 조용하고 평온해서 그는 자기가 온 것을 알릴 수 없었다. 정갈스럽게 드리워진 발 사이로 한 줄기 햇살이 스며들고 있었다.

'저 발의 한 군데가 찢겨져 있군. 여기서는 알지 못하는 사이에 늙는구나' 하고 베르니스는 생각했다.

'무슨 소식을 듣게 되는지……'

옆방에서 사람의 발걸음 소리가 들려온다. 조용한 발걸음이다. 마치 제단에 꽃을 차려놓으려고 다가온 수녀의 발걸음 같다.

'무슨 정교한 일을 하는 걸까? 내 생활은 비극에 짓눌려 있는 것과 비교가 되는구나. 이 집에서는 하나의 움직임도, 하나의 생각에도 큰 공간의 여유가 있는 것 같다. 얼마나 탁 트인 데가 있는 곳이냐.'

그는 창문으로 바깥의 들판을 바라보았다. 햇살이 가득 차 있는 들판에는 길게 하얀 길이 뻗어 있었다. 그 길은 사람들이 기도를 하러 가는 길이고, 사냥을 하러 가는 길이며, 편지를 가지러 가는 길이기도 하다. 멀리서 탈곡기가 돌아가는 소리가 들려왔다. 그는 그 소리를 들으려고 귀를 기울였다. 배우의 작은 목소리를 들으려고 장내의 관객이 숨을 죽이는 것과 흡사하게 말이다.

다시 발자국 소리가 들려왔다.

'진열장이 가득 차서 거기에 있는 골동품을 정리하는가 보지. 한 세기가 물러가게 되면 이런 조개껍질 같은 것을 남겨놓는 법이지.' 하고 그는 생각했다.

이윽고 사람들의 이야기가 들려왔다. 베르니스는 귀를 기울였다.

'그녀가 1주일을 넘길 것 같소? 의사 선생님의 말

로는……'

발자국 소리가 멀어져 갔다. 그는 어리둥절해 숨을 죽였다. 누가 죽어 가고 있는 것일까? 그는 가슴이 죄어드는 느낌이었다. 그는 눈 앞에 있는 하얀 모자, 펼쳐진 책, 이와 같은 온갖 생명의 증거에다가 물어보고 싶었다.

또다시 말소리가 들렸다. 사랑이 가득 차 있는 온화한 목소리였다. 죽음이 이 집 지붕 아래 자리잡고 있는 것을 사람들은 외면하지 않았다. 오히려 그 죽음을 절친한 친구인 양 맞아들이고 있었다. 사람들이 하는 말투에는 과장된 게 전혀 없었다.

베르니스는 생각했다. '산다는 것, 골동품을 정리한다는 것, 죽는다는 것, 이런 모든 것들이 얼마나 간단한 일인가.'

"응접실에 꽃을 꽂아 났소?"

"네."

사람들은 낮은 목소리로, 분명하지는 않으나 한결같은 음조로 이야기를 나누고 있었다. 여러 가지 하찮은 일에 대한 이야기였다. 그런데 죽음은 그저 그것들을 회색으로 물들이고 있었다. 별안간 웃음소리가 터져나왔다. 그러고는 제풀에 가라앉았다. 별로 뿌리가 깊은 웃음은 아니었는데, 마치 점잖은 무대에서 참지 못하고 웃는 그런 웃음이었다.

"올라가지 말아요. 그 여자가 자고 있어요."

하는 목소리가 들려왔다.

베르니스는 가까운 거리에서 남몰래 슬픔에 젖어 있었다. 그는 들킬 것이 염려되었다. 이방인이란 남김없이 털어놓고 싶은 심정에서 슬픔이 와락 솟구치는 법이다. 사람들은 그 이방인에게 이렇게 말할 것이다.

"병자를 잘 알고 또 사랑하고 계시던 당신께서는……."

그러면 그는 죽어 가는 이의 모든 좋았던 것들을 인상 깊게 돋보이게 말해 줘야 한다. 그건 여간 고역이 아닐 수 없는 일이다.

그렇지만 베르니스는 이러한 가족적인 슬픔에 한몫 낄 자격이 있었다.

'왜냐 하면 나는 그녀를 사랑했으므로…….'

베르니스는 그녀를 만나고 싶어 조용히 층계를 올라갔다. 그리고 방문을 열었다. 방 안에는 여름이 하나 가득 차 있었다. 벽은 밝은 색조였고, 침대는 깨끗했다. 열린 창문으로 햇빛이 아낌없이 쏟아져 들어오고 있었다.

멀리서 종탑의 시계가 한가롭게 천천히 심장의 정

확한 고동 소리를 전하고 있었다. 그 시계 소리는 우리가 가져야 할 정상적인 심장 소리를 일깨워 주는 듯했다.

여자는 잠들어 있었다. 한여름 속에서 참으로 영광스러운 잠을 자고 있었다.

'그녀가 죽어 가고 있구나.'

베르니스는 빛이 환하게 비치는 밀랍칠이 된 마룻바닥을 걸었다. 그는 오히려 마음이 평화로워지고 있어 그게 이상했다. 하지만 여자가 신음하고 있는 소리를 듣자 더이상 가까이 다가갈 수 없었다.

그는 거기에 하나의 무한한 존재가 있음을 깨달았다. 환자의 영혼은 상 위에 자리잡고, 그 위에 가득 차려놓는다. 그래서 병실은 마치 하나의 상처럼 보인다. 그래서 사람들은 가구 하나 함부로 만질 수 없고, 발걸음 한 발자국도 조심스럽다.

방 안은 쥐죽은 듯했다. 다만 파리만이 윙윙대고 있었다. 서늘한 바람 한 줄기가 방 안으로 불어 들어왔다. 벌써 저녁때가 되었구나, 하고 베르니스는 생각했다. 오래지 않아 닫힐 덧문과 켜질 램프 불빛을 생각했다.

이윽고 넘어야 할 계단처럼 환자를 괴롭힐 밤이 닥쳐올 것이다. 밤새도록 어둠을 밝히는 램프 불빛은 환자를 매혹시킬 것이다. 그런데 사물들의 그림

자는 꼼짝도 하지 않을 것이다. 환자는 12시간 동안을 움직이지도 못하고 똑같은 각도에서 사물을 바라보게 될 것이다. 그러면 그 사물들이 뇌리에 새겨져 견딜 수 없는 무게로 그녀를 짓누를 것이다.

"누구세요?"

하고 그녀가 말했다.

베르니스는 가까이 다가갔다. 그의 입술에 애정어림과 동정어림이 번졌다. 그는 허리를 굽혔다. 그녀를 부축하려고 했고, 두 팔로 안으려고 했는데, 그녀의 힘이 되기 위해서였다.

"자크……."

그녀는 자크를 뚫어지게 바라보았다.

"자크……."

그녀는 생각의 밑바닥으로부터 그를 끌어내고 있었다. 그녀는 그의 어깨를 찾지 않고 자신의 추억 속을 헤맸다. 그녀는 몸을 솟구치는 표류자처럼 그의 소매에 매달렸다. 그것은 물건이나 의지할 것을 붙들기 위해서가 아니라, 어떤 영상을 붙잡기 위해서였다. 그녀는 바라보고 있다.

하지만 그녀의 눈에는 그가 자꾸만 이방인으로 보인다. 이 여자에게는 그의 주름살, 그의 눈매가 낯설어 보인다. 여자는 그의 이름을 부르려고 그의 손을 꼭 쥔다. 그런데 그는 여자에게 아무런 도움도 될 수 없다.

그는 여자가 마음 속에 간직하고 있는 친구가 되어주지 못한다. 벌써 여자는 이 존재에 대해 싫증이 났다. 그래서 그를 떠밀고 고개를 돌려 버린다. 그는 지금 닿을 수 없는 먼 거리에 있다.

그는 발걸음을 죽여 가며 방을 빠져나와 다시 한번 현관을 지나갔다. 그는 지금 머나먼 여행에서 돌아온 기분이다. 나중에 잘 기억나지 않는 어렴풋한 여행에서 돌아온 것 같다.

그는 괴로워하고 있었을까? 그는 슬픔을 맛보고 있었을까? 그는 가던 걸음을 멈추었다.

저녁이 선창에 바닷물이 스며들 듯이 깃들여 있었고, 골동품들은 어둠에 휩싸이고 있었다. 그는 유리창에 이마를 갖다댔다. 시야에 보리수 나무의 그림자들이 점차 길다랗게 늘어지면서 잔디밭을 어둠으로 덮는 것을 바라보았다.

멀리 보이는 마을에는 불이 켜져 있었다. 겨우 한 줌이나 될까 하는 불빛이다. 손을 뻗치면 이 모든 것을 잡을 수 있을 것 같다. 이미 거리감 같은 것은 없었다. 손을 뻗으면 언덕에 닿을 수 있을 것만 같았다.

집 안의 사람 목소리가 잠잠해졌다. 집 안 정돈이 모두 끝난 모양이다. 그는 꼼짝하지 않았다. 이와 비

숫했던 저녁들이 그의 기억에 떠올랐다. 그는 잠수
부처럼 무거운 몸을 일으켰다. 매끄러운 여인의 얼
굴이 굳어져 버리자 그는 미래가, 죽음이 두려웠다.

그는 밖으로 나왔다. 그는 들키기를 바랐고, 누군
가 불러주기를 바라며 뒤를 돌아다보았다. 만일 누
군가 그랬더라면 그는 슬픔과 기쁨으로 녹아 버렸을
것이다. 하지만 그런 일은 없었다. 아무도 그를 붙들
지 않았다.

그는 맥없이 나무들 사이로 해서 빠져나왔다. 그리
고 울타리를 뛰어넘었다. 길바닥이 딱딱하게 느껴졌
다. 그것이 마지막이었다. 다시는 이 곳에 돌아오지
않으리라, 그는 그렇게 생각했다.

5

베르니스는 쥐비에서 출발하기 전에 나에게 그
의 이야기 전부를 요약해 들려주었다.

"나는 즈느비에브를 나의 세계로 끌어들이려고 했
었지. 그런데 내가 그녀에게 보여준 것은 모두 빛이
바래고 잿빛의 음울한 것이었네. 첫날밤은 지독한

장막이 가로막고 있어서 우리는 그것을 뚫고 나갈 수 없었다네. 그래서 그녀의 집이며, 그녀의 인생이며, 그녀의 영혼을 다시 그녀에게 돌려줄 수밖에 없었네. 길가의 포플러 나무도 고스란히 그 전부를 돌려주어야만 했네. 파리로 다시 돌아가는 동안에 우리 두 사람을 가로막던 장막이 점차 엷어져 가더군. 마치 내가 그녀를 바닷속으로 끌고 들어가려는 것처럼 말일세. 그 후 그녀를 다시 만나려고 했을 때, 그녀에게 가까이 접근이 되었을 때, 그리하여 그녀를 만질 수 있게 되었을 때, 우리에게는 더 이상 함께할 공간이 없었네. 뭔가 거리감이 느껴졌고, 아니 뭔가 그보다 더 한 것이 가로놓여 있는 느낌이었다네.

1천 년이라는 세월이 가로놓였다고나 할까. 다른 사람과의 거리는 그토록 멀리 떨어져 있는 거지. 그녀는 자기의 흰 시트를 꼭 쥐고 있었고, 자신의 여름을, 자신의 진리를 꼭 움켜쥐고 있어서 데리고 나올 수 없었다네. 자, 이젠 떠나게 해주게."

진주를 만질 줄만 알지, 그것을 햇빛 아래로 가지고 나오지 못하는 인도의 잠수부여, 그대는 지금 어디로 보물을 찾아나서겠다는 것인가? 내가 걸어다니는 사막, 납덩어리처럼 땅에 붙들려 있는 내가 걷는 이 사막, 나는 거기서 아무것도 발견하지 못할 것이다. 하지만 그대 마술사여, 이 땅이 모래의 베일에 불과하고 하나의 가면에 지나지 않는 것을.

"자크, 그럼, 떠날 시간이네."

6

지금 그는 몽롱하기 그지없는 꿈 속을 헤매고 있다. 높은 하늘에서 내려다보면 땅은 전혀 움직이지 않는 것 같다. 노란 모래로 뒤덮인 사하라는 끝없는 보도(步道)처럼 푸른 바다와 맞붙어 있는 것처럼 보인다. 베르니스는 비행기가 오른쪽으로 쏠리며 옆으로 미끄러지자 엔진을 바로하여 해안선을 따라 일직선으로 날아가게 했다. 아프리카 지역의 굴곡을 만나게 될 때마다 그는 기체를 조용히 기울이면서 날게 한다. 다카르에 도착하려면 아직 2천 킬로미터가 남았다.

그의 시야에 불귀순 지역의 하얀 모래가 눈부시게 빛나고 있다. 간혹 헐벗은 바위가 눈에 띈다. 바람이 모래를 날라다가 같은 형태의 모래 언덕을 여기저기 쌓아 놓는다.

대기는 움직이지 않고 있었다. 이럴 때 대기는 모암(母岩)처럼 비행기를 붙들어 놓는다. 그래서 앞뒤로도, 좌우로도 흔들리지 않는다. 그러니 그토록 높은 데서도 내려다보이는 풍경은 변화가 없다. 바람 속에 끼여 있는 비행기는 단단하기만 하다.

첫번째 기항지인 포르에티엔은 공간 속에 기록되어 있지 않고, 시간 속에 기록되어 있다. 그래서 베르니스는 시계를 본다. 아직도 6시간이 요지부동으로 남았다. 이건 침묵의 6시간이 남았다는 것이다. 이 시간이 지나고 나면 그는 번데기에서 나오듯 비행기에서 나오게 된다. 그러면 세계는 새로워지는 것이다.

베르니스는 새로운 세계를 준비하고 있는 시계를

바라본다. 그러고는 꼼짝 않고 있는 회전계(回轉計)를 들여다본다. 만일 이 계기판 바늘이 가리키던 숫자를 팽개치는 날이면, 그건 비행의 고장을 말한다. 만일 고장이 나서 사람을 모래에다 내팽개쳐 버리게 되는 날이면 어떻게 되겠는가. 시간이라는 것이며, 거리라는 것이 그가 생각할 수 없는 새로운 의미를 가지게 될 게 뻔하다. 그러면 4차원의 세계를 여행하는 것이다.

베르니스는 이미 그런 숨막히는 경험을 한 적이 있다. 조종사들은 그런 경험을 누구나 하고 있다. 그 절박한 순간 얼마나 많은 영상들이 그들에게 스치고 지나갔던가. 지금 그런 영상들 가운데 하나에 사로잡혀 있는 것이다. 그 영상이란 그 모래 언덕과 태양과 침묵이라는 실체로 짓누르는 것이다.

하나의 세계가 우리의 머리 위에 내려앉는 것이다. 우리는 약한 존재다. 가지고 있는 무기라는 것도 기껏해야 밤에 다가오는 양들을 쫓아 버리는 그런 몸짓밖에 없다. 그러고는 기껏 3백 미터밖에는 사람들의 목소리는 들리지 않는 그런 존재인 것이다. 우리들은 모두 이런 막막한 유성에 떨어진 존재인 것이다.

여기서의 시간은 인생의 리듬과는 전혀 맞지 않는 폭을 가지고 움직인다. 그래서 우리는 카사블랑카에서 만날 약속을 할 때면 시간을 단위로 해서 계산을 하곤 했었다. 그런데 그 제각각의 시간마다 우리의 마음 또한 달라지고 있었다. 그리고 우리의 육체도 달라지고 있었다.

사실 비행 중에는 30분마다 날씨가 변했고, 우리의 육체도 달라졌었다. 그런데 불시착하면 사막에서는 1주일을 단위로 해서 계산을 하는 것이다.

다른 동료들이 그 곳에서 우리를 구출해 준다. 우리가 기운이 없으면 그들은 우리를 조종석까지 끌어올려 준다. 우리들 동료들의 강인한 손목이 우리를 이 사막의 세계에서 그들의 세계로 끌어올려 준다.

이처럼 수많은 미지의 세계를 날면서도 정작 베르니스는 자기 자신을 잘 알지 못한다는 것을 생각했

다. 갈증과 초조, 버림받는다는 것은 도대체 무엇 때
문인가. 모리타니아 부족 사람들의 잔인성 따위가
그에게 무엇을 엄습하게 하는가. 한 달 이상이나 걸
려야 포르에티엔 기항지에 가게 되는 사고가 생긴다
면 도대체 그는 어떤 심정이 되는 것일까? 그는 또
이런 생각도 했다.

'내게 용기가 없는 게 아니야.'

가로놓여 있는 모든 게 추상적일 뿐이다. 젊은 조
종사가 처음으로 공중 회전을 할 때, 그가 회전하면
서 공상하며 두려워하는 것은 고체 같은 것에 스치
기만 해도 산산조각으로 나 버리는 그런 것이 아니
었다. 오히려 꿈 속에서 떠다니는 나무들이나 돌담
같은 것들이다. 베르니스여, 용기를 가지지 않겠는
가?

그런데도 지금 엔진에 조금 노크 현상이 났는데,
그게 두려워, 용기 같은 것을 내쫓고 있다.

1시간이 지나자, 불귀순 지역에 들어섰다. 아직도
1천 킬로미터나 남아 있다. 앞으로 더 가야 할 거리
는 마치 거대한 식탁보를 자기 앞으로 잡아당겨야
하는 것과 같다.

'포르에티엔에서 쥐비 곶에 알림. 우편기 16시 30분에 무사히 도착함.'

'포르에티엔에서 생루이에 알림. 우편기 16시 45분에 다시 출발함.'

'생루이에서 다카르에 알림. 우편기 16시 45분에 포르에티엔을 출발함. 야간 비행 계속할 예정임.'

동풍이 분다. 바람이 사하라 사막 안쪽에서 불어온다. 모래가 소용돌이치며 뽀얗게 치솟아 오른다. 새벽에는 탄력성 있고 창백한 태양이 뜨거운 안개 때문에 일그러져 떠오른다. 그러나 태양이 중천에 떠오르면서 점점 작아져 결국에는 화살처럼 사람의 목덜미를 찌른다. 태양빛은 뜨거운 송곳이 되고 마는 것이다.

동풍이 불고 있다. 포르에티엔에서는 조용하고도 서늘한 공기 속에서 이륙을 했다. 그러나 1백 미터

고도에서는 용암이 흐르듯 뜨겁다.

　유온(油溫) : 120도

　수온(水溫) : 110도

　비행기는 2천, 3천 미터까지 올라간다. 이곳까지
올라오면 물론 좋다. 이 열사의 모래 폭풍우를 지배
할 수 있다. 이것도 좋다. 그러나 기수를 좀더 높여
수직으로 상승하면 채 5분도 못 되어서 자동 점화기
와 밸브는 타버리고 만다. 그래도 또 상승을 한다.
올라가기는 쉽다. 그러나 거기는 공기가 탄력성이
없어 비행기는 아래로 떨어져내리고 만다.

　동풍이 분다. 눈앞이 보이지 않는다. 태양은 이 누
런 소용돌이 속으로 굴러들어가고 마는 것이다. 그
창백한 얼굴을 드러내며 시뻘겋게 타오른다. 땅은
바로 아래밖에는 보이지 않는다. 그것도 아주 희미
하게만 보인다.

　지금 내가 위로 치솟는 것일까? 아래로 내리박히
는 것일까? 아니면 옆으로 기우는 것일까? 도무지
알 수가 없다. 올라간다 해도 1백 미터, 그 이상은
힘들다. 그럼, 밑으로 내려가 살펴보자.

　지면 가까이에서는 북풍이 불고 있다. 조종석 밖으
로 손을 내밀어 본다. 마치 쾌속으로 달리는 보트
속에서 손을 찬물 속에 담가 놓고 장난질을 치는 기
분이다.

유온 : 110도

수온 : 95도

시냇물처럼 시원하다 이거지? 비유로 보자면 그렇다는 것이다. 다소 기체가 흔들리고 있다. 지면 가까이 비행하고 있으므로 지표면의 주름살이 하나하나가 비행기에 따귀를 갈기는 것이다. 아무것도 보이지 않으니 어쩔 도리가 없다.

그러나 티메리스 곶에서는 동풍이 지면 가까이까지 뒤덮으며 불고 있었다. 그렇다면 마땅한 피난처가 없다. 고무 타는 냄새가 난다. 마그네트인가, 아니면 조인트에 문제가 생긴 것인가? 회전계 바늘이 기우뚱기우뚱하더니 10회전에 뚝 떨어진다.

'너마저 말썽이냐.'

수온 : 115도.

10미터도 상승할 수가 없다. 모래 언덕이 마치 뜀틀처럼 다가오는 것을 힐끔 쳐다본다. 그는 힐끗 기압계도 쳐다본다. 저건 모래 언덕이 빚어내는 소용돌이다. 그는 조종간에 배를 바짝 갖다대고 조종을 한다.

이런 상황이 오래 계속될 수는 없다. 지금 그가 하고 있는 모양은 마치 물이 가득 담긴 접시를 받쳐들 듯 비행기를 두 손으로 받쳐들고 있는 것이나 마찬가지다.

바퀴 밑 10미터 아래는 모리타니아가 그 모래와 염전과 해변을 자갈의 격류처럼 흘려보내고 있다.

1천 520 회전

최초의 에어 포켓(비행기가 갑작스레 직강하는 공기변화 지역)이 주먹으로 갈기듯 조종사를 후려쳤다. 20킬로미터만 더 가면 프랑스 군의 초소가 있다. 거기까지 가야 한다.

수온 : 120도.

모래 언덕도 바위 산도 염전도 모두 삼켜 버리고 있다. 모든 것이 롤러에 빨려들어간다. 자, 보아라! 대지가 확 넓어지며 트이다가 다시 좁아진다.

아래 바위에 닿을 듯 말 듯하며, 비행기가 전복될 위기가 다가오고 있다. 빽빽이 늘어서서 바위들이 서서히 다가오는 것 같더니 갑자기 요동을 친다. 그것들을 마구 들이받으며 들어가는 것 같더니 흩어져 버린다.

1천 430 회전

"이젠 이걸로 마지막이 된다면……."

어딘가 손이 닿은 철판이 뜨겁게 달아 있다. 라디에이터(radiator : 방열기)에서 김이 마구 쏟아져 나오고 있다. 짐을 너무 많이 싫은 배처럼 비행기가 무겁다.

1천 400 회전.

바퀴 밑 20센티미터쯤 되는 곳에서 마지막 모래가 튀어오르고 있다. 마치 잽싸게 황금빛 모래를 삽질하는 것 같다. 모래 언덕을 하나 넘자 초소가 보인다. 아! 베르니스는 엔진을 끈다. 이 상황에서는 엔진을 꺼야 하는 것이다.

약진하듯이 움직이던 풍경이 갑자기 정지해 버린다. 급작스레 브레이크가 걸린 듯하다. 먼지의 세계가 다시 이루어지고 있는 것이다.

그가 멈춘 곳은 사하라에 있는 프랑스 군의 초소 앞이다. 나이가 제법 든 중사 한 명이 베르니스를 맞아준다. 중사는 동포를 만나서 기뻐 웃는다. 20명 남짓한 세네갈 병사가 '받들어 총!' 하며 그를 맞이한다.

"안녕하십니까? 중사님!"

"여, 어서 오십시오. 매우 반갑습니다. 저는 튀니스에서 왔습니다."

중사는 자기의 어린 시절이며, 추억, 자기의 마음에 이르기까지 베르니스에게 털어놓았다.

조그만 탁자가 하나 놓여 있고, 벽에는 사진들이 몇 장 걸려 있었다.

"이 사진들은 친척들입니다. 이들 친척 모두를 알고 있지는 않습니다. 내년에는 한번 튀니스에 가게

됩니다. 저거 말이죠? 저건 내 친구의 애인이랍니다. 그 애인을 식탁에서 만났었지요. 제 친구는 입만 열었다 하면 저 여자 얘기였어요. 그랬는데 친구가 죽어서 저 사진을 내가 가져오게 된 겁니다. 그러다 보니 지금껏 가지고 있게 됐는데, 내겐 애인이 없거든요."

"중사님, 목이 좀 마릅니다."

"아, 한잔 드십시오. 포도주를 대접하는 게 내게는 기쁨입니다. 대위가 다녀갔을 때는 마침 포도주가 떨어졌었지요. 벌써 다섯 달 전 이야기입니다. 그런 일이 있고 오랫동안 울적한 기분으로 지냈지요. 그

때 전속 부탁까지 했었는데, 어찌나 창피하던지요. 뭘 하고 지내느냐고요? 매일 밤 편지를 쓰는 게 일이랍니다. 잠을 잘 자지 않습니다. 촛불을 켜놓고 쓰지요. 그러나 우편물이 반 년에 한 번 오기 때문에 써둔 편지가 회답 구실을 하지 못해 그때마다 다시 고쳐 써야 합니다."

베르니스는 늙은 중사와 함께 담배를 피우려고 초소의 테라스로 올라갔다. 달빛에 비치는 사막은 참으로 공허했다. 이런 초소에서 중사는 무엇을 감시하고 있는 것일까? 어쩌면 별들일지 몰라. 어쩌면 달일지도 모르지.

"별들을 감시하는 중사입니까?"

"담배는 있습니다. 사양치 마시고 피우십시오. 대위께서 왔을 때는 담배도 떨어졌습니다만."

베르니스는 그 중위와 대위에 대해서 무엇이든 알게 되었다. 중사는 그들의 단점과 장점까지도 털어놓았다. 말하자면 한 사람은 노름꾼이고, 다른 한 사람은 물러빠졌다는 것이었다.

늙은 중사는 사막 한가운데 외따로 떨어져 있다가 최근 중위 한 사람의 방문이 마치 연애의 추억 같은 것이었다고 들려주었다.

"중위님은 별들에 대해 가르쳐 주기도 했지요."

"그렇군요. 당신에게 별들을 살펴달라고 맡긴 셈이

군요."

하고 베르니스가 말했다.

그러고는 자기 차례이기라도 하듯 중사는 베르니스에게 별 이야기를 들려주었다. 중사는 별들의 거리 이야기를 들으며 튀니스가 멀리 떨어져 있다고 생각했다.

중사는 북극성을 배우면서 이 별의 얼굴을 알아보겠다고 맹세하기도 했다. 언제나 약간 왼쪽으로 있으니까 오래지 않아 알 수 있다고 말했다. 그리하여 중사는 튀니스도 그리 먼 곳에 있는 게 아니라고 생각하는 것이었다.

"우리는 저 별들을 향해서 현기증이 날 정도의 속도로 떨어지고 있다는 말입니다."

그런 말에 중사는 쓰러질 듯하다가 겨우 몸을 벽에 기대었다.

"그러고 보니 모르는 게 없으시군요."

"중사님, 그렇지 않습니다. 나를 나무란 중사가 있었지요. 나더러 '교육을 많이 받으시고 훌륭하게 자란 가문 좋은 집안 아들인데도 뒤로 돌앗! 하나 제대로 하지 못해서 부끄럽지 않겠소'라고 말하곤 했었거든요."

"뭐, 부끄러울 것도 없어요. 뒤로 돌앗! 그거 어려운 겁니다."

중사가 베르니스를 위로해 주는 것이었다.

"중사님, 중사님! 당신이 가지고 있는 순찰용 둥근 등이……."

하고 베르니스는 달을 가리켰다.

"이런 노래를 아십니까? 중사님."

비가 오네. 비가 오네, 양치기 소녀야……

그는 노래 곡조를 흥얼거렸다.

"아, 물론이지요. 그 노래 알다마다지요. 그건 튀니스의 노래인걸요."

"중사님, 그 다음을 불러 봐요. 기억을 좀 더듬어 볼 테니까요."

"잠깐만요……."

흰 양떼를 몰고 가거라
저기 저 초막 속으로……

"중사님, 이제 생각이 납니다."

풀숲에 숨어서 큰 소리로
흐르는 물소리를 들어보렴.
이제 곧 사나운 비 내리리니……

"아, 맞았어요. 맞았어요!"

하고 중사가 말했다.

그들은 같은 기분을 맛보고 있었다.

"날이 밝아오는구려. 중사님, 일하러 갑시다."

"그럽시다."

"플러그 스패너를 주시겠어요?"

"그야, 물론이지요."

"핀셋으로 여길 누르세요."

"말씀만 하세요. 뭐든지 할 테니까요."

"보다시피 큰 고장은 아닙니다. 중사님, 이젠 떠나겠습니다."

중사는 웬 미지의 세계에서 왔다가 다시 날아가 버리려는 이 젊은 신을 바라보고 있다.

노래 한 구절과 그리고 튀니스와 그 자신을 회상하게 했던 그런 신이었다. 사막 저 너머 어느 낙원에서 이 아름다운 사자(使者)가 소리없이 찾아왔단 말인가?

"잘 계십시오, 중사님!"

"안녕히 가십시오."

중사는 자기가 무슨 말을 하고 있는지도 모르는 채 입술을 움직이고 있었다. 그것은 마치 여섯 달 동안이나 사랑을 간직하고 있었으면서 그것을 입 밖으로 낼 줄 몰라하는 그런 것과 흡사했다.

7

'세네갈의 생 루이에서 포르에티엔에 알림. 우편기 생 루이에 도착하지 않았음. 급히 소식 알리기 바람.'

'포르에티엔에서 생 루이에 알림. 어제 16시 45분에 출발 이후 소식 없음. 즉시 수색을 시작하겠음.'

'세네갈의 생 루이에서 포르에티엔에 알림. 632호기가 7시 25분에 생 루이 출발. 이 비행기가 포르에티엔에 도찰할 때까지 수색을 보류하기 바람.'

'포르에티엔에서 생 루이에 알림. 632호기 13시 40분에 무사히 도착. 조종사는 시계(視界)는 충분하였으나 아무것도 발견하지 못하였다고 함. 우편기가 정상 항로를 비행했다면 발견했으리라는 의견임. 철저한 수색을 하려면 세 번째 조종사가 필요함.'

'생 루이에서 포르에티엔에 알림. 동감임. 즉시 명령을 내리겠음.'

'생 루이에서 쥐비에 알림. 프랑스 ↔ 남아메리카 기의 소식 없음. 급히 포르에티엔으로 날아갈 것임.'

쥐비.

한 기계공이 돌아와서 내게 말한다.

"앞쪽 왼쪽 상자에는 음식을, 뒤쪽에는 예비 바퀴 하나와 약품 상자를 넣어 드립니다. 10분이면 됩니다. 좋습니까?"

"좋소."

메모지에 지시 사항을 기입한다.

'내가 없는 동안에 일지(日誌)를 기록할 것. 월요일에 모리타니아인들의 급료를 지급할 것. 빈 통을 범선에다 실을 것.'

그리고 나서 나는 창문에다 팔을 괴고 내다본다. 한 달에 한 번씩 우리에게 음료수를 보급해 주는 범선이 바다에 가볍게 떠 흔들리고 있다. 보기에 범선은 아주 귀엽다. 범선이란 저 녀석이 나의 사막 전체에 약간의 활기와 신선함을 갖다준다. 나는 비둘기의 방문을 받은 방주 속의 노아와 같은 기분이다.

비행기는 준비가 끝났다.

'쥐비에서 포르에티엔에 알림. 236호기 쥐비에서 15시 20분 포르에티엔으로 향발.'

낙타 상인들이 지나다니는 길은 흩어져 있는 백골로 표시가 되고, 우리 항공로는 추락한 몇몇 비행기로 알게 된다.

보하도르(사하라 사막의 서북쪽에 있는 만)의 비행장까지 가려면 아직 한 시간이 남았다. 모리타니아 사람들에게 약탈당한 기체의 잔해들, 그것이 푯말이다.

모래 위를 날아서 1천 킬로미터, 그러면 포르에티

엔에 도착한다. 그 곳 사막 한가운데에는 초라한 바라크 건물이 네 채 있다.

"우린 자네를 기다리고 있었다네. 해가 남아 있는 동안 다시 곧 떠나게. 한 대는 해안선을 따라가고, 다른 한 대는 내륙 지방을 20킬로미터 안쪽을 따라가게. 그리고 나머지 한 대는 내륙 지방 50킬로미터 안쪽을 따라 날아가게. 밤이 되면 초소에 내리기로 하세. 자네는 비행기를 바꿔 타겠나?"

"바꿔 타야겠어. 벨브가 좋지 않아."

비행기를 갈아타고 출발했다.

아무것도 아니었다. 그것은 그냥 거무튀튀한 바위

에 불과했다. 나는 계속해서 이 사막을 줄곧 밀고 지나간다. 까만 점 하나하나가 과실인 것처럼 나를 괴롭힌다. 그러나 모래는 내게 검은 바위밖에는 굴려 보내지 않는다.

이제는 동료 비행기들이 보이지 않는다. 그들은 자기 담당의 하늘을 날고 있을 것이다. 솔개 같은 인내력으로 말이다.

이제는 바다도 보이지 않는다. 들끓는 도가니 위에 떠 있는 것과 같은 나에게는 살아 있는 것이라고는 아무것도 보이지 않는다. 내 심장이 마구 방망이질을 한다. 저 멀리 보이는 잔해물이 혹시……. 역시 시커먼 바위였다.

내가 몰고 있는 비행기의 엔진은 강물이 흘러가듯 요란한 소리를 낸다. 이 흐르는 강물이 나를 둘러싸고 나를 기진맥진하게 한다.

베르니스, 나는 형언하기 어렵지만, 그대가 한 소망에 몰두해 깊은 상념에 빠져 있는 모습을 보곤 했지. 나는 그것을 여기에 어떻게 표현해야 할지 모르겠네. 다만 그대가 좋아하던 니체의 다음과 같은 말이 생각날 뿐이지.

'뜨겁고, 짧고, 쓸쓸하고도 행복한 나의 여름.'

찾아헤매느라 골몰한 탓에 두 눈이 침침하다. 검은 점들이 춤을 추듯 어른거린다. 나는 이제 어디로 날고 있는지조차 알 수 없게 되었다.

"그럼, 중사님은 베르니스를 만났단 말이오?"

"새벽에 다시 이륙했어요."

우리는 초소의 담 아래에 앉는다. 세네갈 병사들은 웃고, 중사는 생각에 잠긴다. 환하게 밝은 황혼이지만 아무 쓸모가 없다.

우리들 중에 누군가가 불쑥 말을 꺼낸다.

"만일 비행기가 산산조각 났다면…… 그랬다면…… 찾아내기란 거의 힘들 거야."

"그야 그렇지."

우리 중의 하나가 일어나서 몇 발작 걷는다.

"어렵게 됐어. 담배 피우려나?"

우리는 밤 속으로 들어간다. 짐승도 사람도 물건도 모두.

우리는 담배 한 개비의 담뱃불을 현등 삼아 밤 속으로 들어간다. 그러면 밤의 세계는 자기의 진정한 넓이를 다시 갖게 된다.

포르에티엔에 가려면 낙타 상인들은 그 머나먼 여정 때문에 늙어 버리고 마는 것이다. 세네갈의 생루이는 꿈나라의 변경에 있다. 조금 전까지만 해도 이 사막은 신비할 것도 없는 모래밭에 지나지 않았다.

서너 걸음이면 닿을 수 있는 도시가 눈앞에 펼쳐

져 있었고, 인내와 침묵과 고독에 단련이 된 중사는 이러한 자신의 미덕이 허망한 것이라 느끼고 있었다. 그랬는데, 지금 하이에나가 한 번 울면 사막은 생기를 되찾고, 부르는 소리 한 마디가 신비를 불러 일으키고 있다. 무언가가 태어나고 죽고, 다시 시작되고 사라지고 하는 것이다.

그렇지만 별들은 우리에게 진정한 거리를 알려 준다. 평화스러운 생활, 충실한 사랑, 우리가 몹시 아낀다고 믿는 애인, 이 모든 것들이 어디에 있는가를 북극성은 우리에게 알려준다.

그리고 남십자성 별자리는 보물이 있는 곳을 알려준다.

새벽 3시, 우리들이 덮고 있는 모직 담요가 얇아지는 듯 속이 비쳐 보인다. 이거야말로 달의 장난질에 의한 것이다. 나는 얼어붙은 듯 추위에서 깨어난다. 나는 담배를 피우려고 초소의 테라스로 올라간다. 담배…… 또 담배…… 이렇게 나는 새벽을 맞게 될 것이다.

달빛을 가득 받은 이 조그마한 초소, 마치 잔잔한 물 위에 떠 있는 포구 같다. 항해자들을 위한 별들의 운행이 거기 있는 것이다. 우리들 세 대의 비행기 나침반은 얌전히 북쪽을 가리킨다. 그렇지만…….

그대는 지상에 마지막으로 딛는 발자국을 여기에다 새기려 하는가? 여기가 의식의 세계가 끝이 나는 곳인지도 모른다.

이 조그마한 초소, 이 곳은 부두 같다. 달빛을 향해 활짝 열린 문지방을 넘어서면 거기 달빛의 세계, 오직 환영밖에 없어 현실적인 것이라고는 없다.

밤은 경이롭다. 자크 베르니스, 그대는 지금 어디에 있는가? 어쩌면 여기 있는 것일까? 아니면 저기 있는 것일까? 그대의 존재는 벌써 얼마나 가벼워져 있는 것일까?

내 주위에는 이따금 깡충깡충 뛰노는 영양(羚羊)을 맞아줄 사하라가 펼쳐져 있을 뿐이며, 또한 사막의

그 무겁디무거운 옷자락으로 가벼운 어린아이의 몸
하나 맞아들여 줄 홀가분한 사하라가 펼쳐져 있을
뿐이다.

중사가 내 곁으로 다가온다.
"잘 주무셨습니까?"
"중사님, 잘 잤습니다."
그는 귀를 기울인다. 들리는 것은 아무것도 없다.
베르니스, 그대가 만들어 놓은 침묵의 적막감이 쌓
여가고 있다.
"담배 한 대 피우시겠소?"
"주십시오."
중사는 담배를 질근질근 씹는다.
"중사님, 내일 내 동료를 찾아내고 말겠소. 중사님

은 그가 어디에 있을 거라고 생각하시오?"

중사는 자신있게 지평선 전체를 가리킨다. 행방 불명이 된 어린아이 하나가 온 사막을 가득 채우고 있다.

베르니스, 언젠가 그대는 내게 고백했지.

"나 자신도 잘 이해할 수 없는 생활, 자신에게 충실할 수 없는 그런 생활을 동경했었지. 그게 무엇 때문인지 잘 알지도 못했지만 말일세. 어쩌면 그게 꼭 필요한 갈망은 아니었는지도 모르지만……."

베르니스, 그대는 내게 이런 고백도 했지.

"내가 그리워했던 것들, 그러니까 분명 있을 거라고 짐작하고 있었던 것들은 사실 모두가 사물의 뒤에 숨겨져 있었던 것일세. 그렇지만 조금만 노력을

하면 그게 무엇인지 이해하게 되고 알게 되어, 마침내 그것들을 내 것으로 만들 수 있을 것 같았지. 그런데 나는 밝은 세상으로 끝내 끌어내지 못하는 이 그리운 존재 때문에 마음은 우울하고 허전한 마음으로 떠나게 되네그려."

내게는 배 한 척이 뒤집히는 것처럼 들리는 것 같다. 울던 아이가 울음을 뚝 그치고 마는 것 같다. 돛은 흔들리고, 돛대와 희망이 바닷속으로 가라앉는 것만 같이 내게는 생각된다.

새벽이다. 모리타니아 사람들의 목쉰 부르짖음이 들려온다. 그들이 타고 있던 낙타들은 지친 나머지 땅바닥에 꿇어 엎드려 있다. 몰래 북쪽에서 내려온 비적떼가 소총 3백 자루로 무장하고 동쪽에 나타나 낙타 상인들을 학살했다는 것이다. 우리가 이 비적떼들이 있는 쪽을 찾아보면 어떨까?

"그럼, 부채꼴 모양으로 날아가 보는 게 어떨까? 가운데 비행기는 정동향으로 날고……."

열풍이 분다. 50미터만 올라가도 벌써 이 바람은 진공 소제기처럼 우리들의 살갗을 말려 버린다.

나의 친구여…….

그대가 그토록 찾아헤매던 보물이 이 곳에 있었더

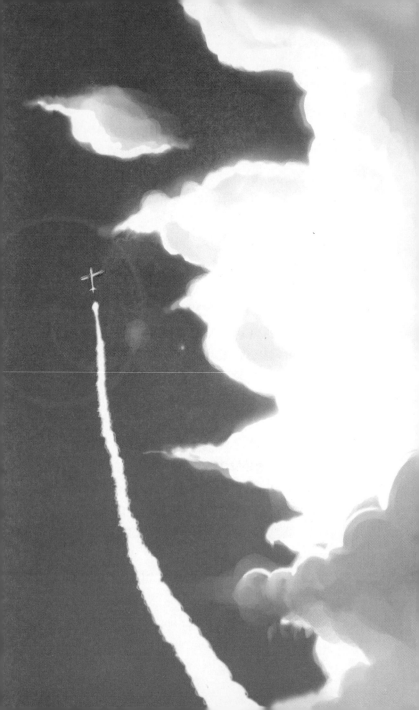

란 말인가?

그대는 이 모래 언덕 위에서 두 팔을 열십자처럼 쫙 벌리고 그 날 밤 몹시도 홀가분해했었지. 저 검푸른 물굽이와 별들의 마을을 향하고 서서 말일세.

그대가 남쪽으로 기수를 돌리고 날아갈 때에 그대는 그대의 그 많은 굴레들을 줄을 풀어놓듯 벗어던지고 있었네. 그렇게 해서 하나의 공기처럼 가벼워진 그대 베르니스. 그런 그대는 내 유일한 친구였다네. 그대를 붙잡아 매놓는 것이라곤 기껏 한 가닥 거미줄 같은 것이었는데……

그 날 밤, 그대는 더욱더 가벼워져 무게조차 느끼지 못했을 것일세. 아마 현기증이 그대를 붙잡았을지도 모르네. 아아, 그 순간, 그대 머리 바로 위에서 그대가 찾고 있던 그 보물이 반짝 빛나고 있었던 것이다.

내 우정의 한 가닥 가늘디가는 거미줄이 가까스로 그대를 붙잡아 매고 있었네. 하지만 나는 충실하지 못한 양치기 목동처럼 그만 선잠이 들어 있었던 것일세.

'세네갈의 생루이에서 툴루즈에 알림. 프랑스 ↔ 남아메리칸 기를 티메리스 동쪽에서 발견함. 비적 떼는 그 부근으로 이동했음. 조종사 피살됨, 기체 파

괴, 우편물은 무사함. 우편물을 다카르로 공수했음.'

8

'**다**카르에서 툴루즈에 알림. 우편물 다카르에
무사히 도착했음.'

〈남방 우편기〉를 읽고 나서

생텍쥐페리의 나이 29세인 1929년에 출간된 이
《남방 우편기》는 작자 자신의 민간 항공 조종사
경험을 토대로 씌어진 작품이다.

주인공 자크 베르니스는 툴루즈와 다카르를 왕복
하는 항로 조종사인데, 어느 날 파리를 지나가는 길
에 지난날 사귀었던 여자 친구인 즈느비에브를 만나
게 된다. 그녀는 이미 한 아이를 가진 가정 주부로
서, 그 당시 지루한 일상으로부터의 탈출을 꿈꾸고
있었다. 이를테면 어느 모로 봐도 변변한 구석이 없
는 남편과 중병에 걸려 있는 아들의 굴레에서 벗어
나고 싶어했다.

따라서 부부 싸움이 잦아지고, 마침내 그녀의 아들
이 죽자, 그녀는 베르니스에게 자신의 지긋지긋한
생활에서 구원해 줄 것을 애원한다. 그는 그녀를 데
리고 도망을 한다. 새 출발의 의지를 다지면서 파리
를 빠져나간다.

하지만 이상스럽게도 차가 중간에서 고장이 나고,

줄기차게 비가 쏟아졌으며, 겨우 찾아든 여관방의 암울함 등은 더 이상 그녀의 새출발을 진행시킬 수 없는 상황에 이르렀고, 급기야 이틀 만에 그들의 단꿈을 단념하기에 이른다.

왜냐하면 그 모든 상황들이 그녀가 이제껏 지탱해 왔던 안정적인 세계를 너무도 갑작스레 붕괴시켜 버리는 것이었으므로 그녀의 정신으로는 더 이상 받아들이기에 역부족이었던 것이다. 그래서 그녀는 다시 옛 가정으로 돌아가고 만다. 그 뒤 그녀는 평범한 여인으로서 짧은 인생을 마친다.

다시 혼자 몸이 된 베르니스는 외로움에서 벗어나기 위해 성당에 나가고, 창녀와 동침도 해보지만, 결국에는 황량한 공허만이 남을 뿐이었다.

그러나 그를 구원해 주는 것은 비행사로서의 역할이었다. 이 모든 아픈 기억들을 털어 버리고 베르니스는 다시 남미 항로에 오르게 된다.

생텍쥐페리는 이 작품에서, 인간이 갖는 한계성을 극명하게 조명하면서, 더 넓은 세상, 즉 하늘을 날아다니는 조종사를 대입시킴으로써 삶의 차원으로 도약하게끔 우리를 일깨워 준다.

프랑스에서 '20세기 최고의 작가'로 꼽히는 생텍쥐페리(Antoine de Saint-Exupéry)는 1900년 6월 29일 프랑스 파리의 남쪽에 위치한 리옹에서 백작 가

문의 장남으로 태어났다.

그의 나이 4세인 1904년에 아버지가 세상을 떠나고, 9세인 1909년 늦여름에 온 가족이 망스로 이주한 뒤, 거기서 생 크로와 학교에 입학했다.

1912년, 처음으로 앙베리외 비행장에서 당시 최고 비행사인 베들린의 지도 아래 비행기를 탔다. 1914년 두 살 아래인 동생 프랑스와와 같이 몽그레 중학교로 옮겼다가 3개월 후 다시 스위스의 프리부로 가서 수도회에서 경영하는 중고등학교에 입학하여 공부를 했다.

17세인 1717년 8월에 대학 입학 자격 시험에 통과한 뒤, 해군사관학교 입시 준비를 위해 보쉬에 고등학교와 생 루이 고등학교에서 2년간 수학을 했지만, 1919년 6월에 실시한 해군사관학교 입시에서 그만 구술 시험에 실패하고 말았다. 그래서 15개월 동안 미술대학 건축과에서 공부했다.

1921년 군에 입대하여 스트라스부르 제2전투기 연대에 배치되어 수리 공장에서 근무하다가 조종사가 되었다. 그 후 사관 후보생으로 카사블랑카에 배속되어 근무하다가, 공군 소위로 임명되어 부르제의 제33비행연대에서 2년간의 복무를 마쳤다. 제대 후, 그는 공장의 제품 검사원과 자동차 공장의 사원으로 일하면서, 이때부터 습작을 시작했는데, 1925년 처음로 잡지 《은선(銀船)》에 단편 소설 〈비행사〉를 게재했다. 하지만 완성도 면에서 인정을 받지 못했다.

이듬해 그는 항공 회사에 입사하여 비행기 접수 사무를 보다가, 동료인 기요메를 비롯해 에티엔·바샤르·레크리뱅 등과 함께 툴루즈~카사블랑카, 뒤이어 다카르~카사블랑카 사이의 우편 항로를 처음으로 개척했다. 또한 쥐비 곶 비행장의 공장장으로 임명받아 불귀순지대 바로 근방에서 약탈자의 위협 아래 18개월을 근무하였는데, 이때 그의 실제적인 처녀작이라 할 수 있는 〈남방 우편기〉를 집필하였다.

1931년, 생텍쥐베리는 순전히 야간 비행으로 프랑스와 남미의 항로를 개척했으며, 이 해에 그의 대표작이라고 할 수 있는 《야간 비행》을 발표하여, 페미나 상을 수상하였다.

1935년 12월, 그는 애기 '시문'을 타고 파리와 사이공 사이의 연결을 통해 자신의 기록을 갱신하기 위해 이집트로 날아가다가, 카이로에서 약 2백 킬로미터 떨어진 사막에 그만 불시착하여 15일 동안 물과 식량도 없이 방황하던 중 간신히 어느 대상(隊商)에게 발견되어 구출된 뒤, 며칠을 카이로에 머무른 후 파리로 귀환되었다. 이때의 경험이 그의 작품 활동에 소중한 밑거름이 되었다.

1938년 2월, 그는 뉴욕에서 출발하여 과테말라 상공에서 속도 상실로 추락하여 중상을 입고 뉴욕으로 돌아와 치료를 받은 뒤 귀국하였다.

파리로 돌아온 그는 그 무렵 써두었던 원고를 모아 《인간의 대지》를 엮어, 이듬해 1939년 출간되었다. 이 책이 미국에서 《바람과 모래와 별들》이란 제목으로 출판되어 '이 달의 양서'로 선정되었으며, 프랑스 한림원으로부터 소설 대상을 수상하였다.

제2차 세계 대전이 일어나자 그는 동원되어, 대위 계급장을 달고 툴루즈로 가서 기술 교육을 담당하다가, 정찰 비행단에 배속되었다. 이듬해 조국이 독일에 점령당하자 그는 미국으로 탈출하여 전투 조종사가 되었다.

1942년 뉴욕에서 《전시 조종사》를 영문판으로 출간하고, 이 해에 프랑스에서도 출간되었지만, 점령군 독일 당국의 요청으로 판매가 금지되었다. 1943년, 뉴욕에서 《어느 볼모에게》를 발표하였고, 같은 해에 그의 출세작이라고 할 수 있는 《어린 왕자》를 발표함으로써 세계적인 명성을 얻게 되었다.

1944년 7월, 생텍쥐페리는 그에게 허락된 5회 출격을 넘기고 이미 8회나 출격하고 있었다. 그 달 31일 오전 8시 30분, 그의 고향 리옹 부근에 주둔해 있던 독일군의 이동을 추적하기 위해 정찰기를 타고

코르시카 섬 미공군 기지를 이륙했다.

연료는 오후 2시 30분까지 돌아올 수 있는 6시간 분량이었다. 결국 제 시간까지 돌아오지 않음으로써 실종이 확인되었다. 코르시카 상공 바스티아 북방 약 100킬로미터 되는 곳에서 독일 비행기들에게 격추되었을 것이라는 추측은 있었지만, 지금까지도 그 잔해가 발견되지 않아 실종을 둘러싼 소문만 무성할 뿐이다.

생텍쥐페리의 삶과 문학에서 비행기를 빼놓고는 올바른 이해가 불가능하다. 그는 비행기를 통해서 인간애를 체득한 작가이다. 또한 그는 생명을 담보로 하는 조종사 생활의 투쟁 체험을 통해, 대자연을 보는 거시적 안목과 끝없는 인간 존중의 사상을 체득하고, 거기에서 우러나오는 청량한 서정적 필치의 글을 남겨 오늘날 우리에게 깊은 감동을 주고 있다.

생텍쥐페리 연보

1900년   6월 29일, 리옹 시에서 태어나다. 아버지 장 마
        리 드 생텍쥐페리는 백작으로서 보험 회사의 감
        찰관이었다. 어머니 마리 브와이에 드 퐁스콜롬
        브는 프로방스 지역의 명문가 집안 출신.

1904년   아버지 사망

1909년   어머니가 파리의 서남쪽에 위치한 르망으로 이
        사하다. 10월에 예수회에서 운영하는 생 크루아
        학원에 입학하다. 바이올린 배우다.

1912년   앙베리외 비행장에서 유명한 비행사 베르린과
        처음으로 비행기를 타다.

1914년   10월, 동생 프랑스아와 함께 빌프랑슈 쉬트론의
        몽그레 성모학원으로 전학하다. 제1차 세계 대
        전이 일어나자 어머니는 앙베리외 역에서 부상
        병 간호에 종사하다.

1915년   몽그레 성모학원의 엄격한 학풍에 견디지 못해
        첫 학기가 끝나자 스위스의 프리부르에 있는 성
        요한 학원으로 전학하다. 이 당시 발자크, 보들
        레르, 도스토예프스키 등의 작품을 탐독하다.

1917년 여름에 동생 프랑스와 사망. 동생의 죽음은
〈어린 왕자〉를 비극으로 장식하게 된 모티브가
되었다고 함. 대학 입학 자격 시험에 합격. 10
월, 파리의 보쉬에 고등학교로 전학. 루이 르 그
랑 고등학교에서 해군사관학교 입학 준비

1919년 6월, 해군사관학교 입학 시험에서 필기는 합격
하였으나 구술 시험에서 낙방. 10월, 파리미술학
교 건축과에 입학하다.

1921년 4월에 군대에 입대. 스트라스부르의 제2비행연
대에 배속되어, 지상 근무를 하다. 조종사가 될
것을 결심하고 훈련 시작하다. 6월, 모로코 라바
트의 제37비행연대에 배속된다. 그 곳에서 민간
비행기 조종 면허증을 취득하다.

1922년 1월, 남프랑스의 이스토르로 견습 조종사로 파
견. 2월, 육군항공대 조종병이 되고 하사로 진
급. 예비 사관 후보생으로 아보르에 가다. 10월,
예비 소위로 임관. 부르제의 제33비행연대에 배
속되다.

1923년 1월, 부르제 비행장에서 최초로 사고를 당하여
두개골 골절. 3월, 중위로 제대. 루이즈 드 빌모
랑과 약혼(공군에 머무르려고 했으나 약혼자의
반대로 이루어지지 못함). 그러나 이후 약혼은
취소되고, 부르롱 타일 제조 회사의 사원이 됨.
시와 소설 습작하다.

1924년   소올레 자동차 회사에 입사. 2개월의 연수 뒤에 몽뤼송 지역의 대표 판매원이 되다. 18개월 동안에 판 차는 트럭 한 대뿐이었다. 주로 글 쓰는 일에 전념했으며, 썼다 찢었다 하기를 반복하다.

1925년   사촌 누이 이본 드 레트랑주의 살롱에서 장 프레보, 지드 등을 알게 되다. 장 프레보는 잡지 《은선(銀船)》지의 편집장으로 생텍쥐페리의 글을 발표하는 데 도움을 주다.

1926년   4월, 《은선》지에 생텍쥐페리의 단편 〈비행사〉를 발표하다. 봄에 자동차 회사에 사표를 내고 프랑스 항공 회사에 입사하다. 10월, 보쉬에 고등학교의 스승인 쉬드르 신부가 추천해 줌으로써 라테코에르가 설립한 항공 회사의 총지배인 레포 드 마시미를 만나다. 이 무렵 디디에 도라를 중심으로 정기 항공로가 개발되고 있었고, 그곳에서 일할 것을 권유받는다. 그는 조종사로 일하기를 원했지만, 한동안 정비원으로 채용되어 일하다.

1927년   봄, 툴루즈와 카사블랑카를 오가는 정기 항공기편의 조종사로서 경력을 쌓다. 이에 이어 카사블랑카와 다카르 간의 항공로 비행에 종사하다. 10월, 중간 기착지인 스페인령 사하라의 쥐비 곶의 비행장 책임자로 임명되다. 18개월 동안 이 곳에서 스페인 및 불귀순 모리타니아인과의 외교적 임무를 수행하며, 동료 비행사들의 비행 사고 구조에 나서는 활동을 하다. 이 무렵 밤에는 〈남방 우편기〉를 쓰다.

1928년   이 해에 그는 조종사 리겔을 구조하지만, 모리
              타니아인들에게 잡혀 있던 렌과 세르의 구출에
              는 실패한다. 스페인의 바레호 중위와 모리타니
              아인 통역관, 그리고 동료 비달 등을 구조하는
              한편, 조난당한 비행기나 불시착한 비행기의 수
              리를 성공적으로 해낸다.

1929년   3월, 〈남방 우편기〉 원고를 가지고 귀국하다. 사
              촌 누이의 살롱에서 만나게 된 작가들을 통해서
              출판사와 연결된다. 이 때에 소개받은 출판사
              사장 가스통 갈리마르와 7편의 소설을 계약하다.
              〈남방 우편기〉 출간. 동료 메르모와 기요메에
              게서 함께 일을 하자는 요청을 받고 부에노스아
              이레스로 가다. 여기서 아르헨티나의 아에로포
              스탈 항공 회사의 지배인의 직책을 맡는다.
              〈야간 비행〉을 쓰다.

1930년   〈야간 비행〉을 시나리오로 썼으나 상연되지는
              못함. 쥐비에서의 공로로 레종 도뇌르 훈장을
              받다. 6월 13일, 안데스 산맥에서 행방 불명된
              가장 친한 동료 기요메의 수색을 위해 5일간 수
              색 비행. 11월, 콘수엘로 순신과 알게 되다.

1931년   〈야간 비행〉을 앙드레 지드의 서문을 붙여 출
              간. 3월, 콘수엘로 순신과 결혼. 5월, 카사블랑
              카, 포르테티엔느 간을 야간 비행하여 프랑스와
              남미를 연결하는 항로를 개척함. 12월, 〈야간 비
              행〉으로 페미나 문학상을 수상하다. 〈야간 비
              행〉이 영역판으로 출간되고, 미국에서 영화로
              상영되다.

1932년 이 해는 금전과 여러 가지 일들로 암울하게 보
낸다. 정해진 직책 없이 그때 그때따라 조종사
일을 하다. 그러는 중에 아에로포스탈 회사에
다시 들어가기도 하고, 수상 비행기의 조종 면
허를 따기도 하다. 마르세이유와 알제이 사이의
연락 비행을 하기도 하고, 카사블랑카와 다카르
선 등에서 비행 조종을 하다.

1933년 여러 항공사들이 통폐합되어 에어 프랑스 항공
회사로 된다. 이 회사에 들어가지 못한 그는 라
테코에르 비행기 제조 회사에 들어가 시험 비행
사로 근무하다. 11월, 상 라파엘 만에서 수상 비
행기 시험 비행 중 사고를 당하다.

1934년 4월, 에어 프랑스 회사 선전부에 입사. 유럽의
여러 나라뿐만 아니라 북아프리카, 중근동 등으
로 다니며 연수 및 강연 여행을 하다. 7월, 사이
공으로 출장 비행을 하다가 메콩 강 하류에 불
시착하여 부상을 당하다. 이 시기에 에딩턴, 존
스 등과 같은 과학자의 저서를 읽음. 착륙 장치
를 개발하여 특허를 받음, 그 후에도 발명을 계
속하여 12개의 특허를 받다.

1935년 4월, 파리 〈스와르〉지의 모스크바 특파원으로
파견되어 한 달 간 체류하면서 르포 기사를 연
재하다(후에 이것이 《인생의 의미(Un sens a
lavi- e)》로 출간됨). 12월, 기관사 프레보와 함
께 파리와 사이공 간의 비행 기록 경신을 위해
장거리 비행을 시도하다가 리비아의 사막에 불
시착하여 닷새 동안의 고투 끝에 기적적으로 구
조되다(이 때의 체험이 〈인간의 대지〉와 〈어머
니께 보내는 글〉에 기술됨).

1936년 8월, 〈랭트랑지장〉지 특파원으로 바로셀로나로 비행. 스페인 내전을 취재하다. 동료 메르모가 남대서양에서 순직하다.

1937년 2월, 애기(愛機) '시문(Simoun)'을 조종하여 카사블랑카~통북투~바마코~바카르 항로를 개척하고 카사블랑카로 돌아옴. 6월, 파리 〈스와르〉지 특파원으로 다시 스페인으로 가 내란을 취재하다. 〈마리안〉지에 〈아르헨티나의 왕녀〉 발표하다.

1938년 뉴욕과 남미 대륙 최남단까지의 장거리 시험 비행 도중 과테말라 공항에서의 이륙 중 추락, 수일 동안 의식 불명이 될 정도의 중상을 입다. 귀국 후 스위스와 남프랑스 등지에서 요양. 〈인간의 대지〉 집필. 아내와 별거 시작. 7월, 뉴욕으로 건너가 영문 번역자에게 〈인간의 대지〉 원고 제1부 넘기다.

1939년 1월, 프랑스 국민훈장 수여. 2월, 갈리마르 출판사에서 《인간의 대지(Terre des Hommes)》출판. 4월, 《인간의 대지》로 아카데미 소설대상 수상. 또 이 작품이 《바람과 모래와 별들》이라는 제목으로 미국에서 번역, 출간되어 '이 달의 양서'로 선정됨. 9월, 제2차 세계 대전이 발발하자 대위 계급으로 소집되어 툴루즈 몽트랑에서 항공법 교관으로 근무. 11월, 오르콩트의 2-33정찰 비행대에서 전투 조종사로 복무. 포화 속에서 이듬해 초에 걸쳐 〈어린 왕자〉 초안 집필하다.

1940년 5월 22일, 아라스 지구 정찰 비행. 6월 20일, 보
르도에서 알제이까지 기재를 수송하는 임무 수
행. 8월 5일, 동원 해제. 마르세이유로 돌아와
아게의 누이동생 집에 체류하면서 〈성채〉 집필
시작. 11월 27일, 친구 앙리 기요메가 비행기에
격추당하여 죽음. 12월, 뉴욕을 향해 출발하다.

1941년 1월, 뉴욕에 도착. 프랑스인의 분열에 대해 고뇌
하다. 〈전시 비행사〉 집필을 시작하다.

1942년 2월, 뉴욕에서 〈전시 비행사〉가 영역으로 《아리
스 지구 비행》이라는 제목으로 출판되어 베스트
셀러가 된다. 5월, 캐나다로 강연 여행을 떠나
다. 제2차 세계 대전에 대해서 북아프리카 상륙
작전이 유일한 선택임을 워싱턴의 군당국에 제
안했지만, 나중에 연합군은 북아프리카 상륙 작
전을 실시한다. 그는 〈프랑스인에게 고한다〉라
는 글을 써서 발표함으로써 프랑스인의 단결을
호소한다. 11월, 파리에서 〈전시 비행기〉가 출판
되다.

1943년 2월, 《어느 인질에게 보내는 편지》 뉴욕에서 출
판. 4월, 《어린 왕자》 출판. 5월, 알제이에 도착
해 우지다 기지에서 미군 사령관 휘하의 2/33
중대에 복귀하여 라이트닝 P38형기에 배속되다.
6월에 이 비행기의 조종 훈련을 받고 소령으로
승진하다. 7월 조국 프랑스의 프로방스 지방의
사진 촬영 정찰 비행으로 출격했다가 아게 상공

에서 착륙에 실패, 사고를 당하다. 8월, 이것이 빌미가 되어 미군 당국은 연령 제한을 들어(35세임) 그를 예비역으로 편입시킴. 원대 복귀를 힘쓰는 가운데 〈성채〉 쓰기를 계속. 하지만 우울한 나날을 보내다.

1944년   1936년경부터 씌어진 작가 수첩 《사색 노트 (Carnets)》 출간. 5월, 원내 복귀가 실현되어, 제 31폭격비행대대 사령관 샤생 대령이 그의 부대 배속을 승인하다. 사르디니아 섬의 아르게에르 기지에 있던 2−33정찰대대에 복귀하다. 6월과 7월 사이에 9차례에 걸친 프랑스 본토를 고공 촬영하기 위해 정찰 비행을 수행하다. 7월 31일 오전 8시 30분, 코르시카 섬 보르고 기지를 휘발유 6시간 분량으로 이륙. 오후 2시 30분, 그가 몰고 떠난 라이트닝 P38형기는 끝내 돌아오지 않았다. 원인은 확실하지 않다. 11월 3일, 프랑스 정부 수훈장 추서하다.

1948년   그의 유고작 《성채》가 갈리마르 출판사에서 출간되다.

1953년   1923년부터 1931년까지 씌어진 서한집 《젊은 날의 편지(Lettres de jeunesse)》 출간.

1955년   《어머니께 보내는 글(Lettre a Sa Mere)》 출간.

1956년   1940∼1944년까지 씌어진 수상집 《인생의 의미 (Un sens a la vie)》 출간.

하이라이트 올 컬러판
세 계 문 학

"사람이 사랑 때문에 죽는다는 게 정말일까?"

우리는 어떤 사랑을 하고 있을까?
생텍쥐페리는 "그 사람이 죽으면 가슴이 찢어질 것 같은 사람만 사랑한다"고 했다.

라인북의 창간 작품인 "남방우편기""야간비행""어린왕자"는 생텍쥐페리의 주옥같은 문체를 원문에 가깝게 작업 하였고,
아름다운 풍경을 보는 듯 책을 볼 수 있게 본문에 새로운 스타일의 그림을 칼라 작업을 하여 삽입하였다.
또한 "어린왕자"는 원 그림을 탈피하여 새롭게 재구성하였으며, 부록으로 영어 원문과 원작 그림을 넣었다.